郎文庫 8

民族と文藝

新学社

装丁　水木　奏
カバー書　保田與重郎
文庫マーク　河井寛次郎

目次

使用テキスト　保田與重郎全集第八巻（講談社刊）

民族と文藝

はしがき

今では寛大な人が、これらのものを文藝についての評論と考へてくれるだらうと思ふ。私は好事の人に喜ばれようと思ふのでも、又視界の廣さを誇る人に少々の魅力を樂んでもらはうと思ふのでもない。日本の民族の文藝の歴史から、もつとも根柢的な批評を考へたかつたのである。同時に今までに得た批評といふ眼を通じて、我民族の最高叡智が、庶民の本能の中でうけつがれてきた國民的事實を云ひたかつたのである。今後にもつゞけてまづ批評といふものを人力でなせる限りで細かに掘つてみたいと思つてゐる。

この本はさういふ點で、標題の一部分に當る關心にすぎないものしか集められなかつた。しかしこれらの文章の中で、私は批評の地盤をかためることを考へると共に、かなりていねいに自分のもつてゐる批評の方法を驅使し得たことを自負してゐる。それは各篇の有機的關係の中で示すと共に、材料の對蹠や照應によつても示し得たと思つてゐる。世の中のことは、時代や空間の障害を飛躍する想像力によつて、いつもていねいに關係するものであるが、私はかうしたことを、こゝに集めた文章を書いてゐるときも、向うからくる者との思ひがけない對面や遭遇に時々感心したほどである。さうしてこの本の讀者は、日本の民衆の歴史生活の意識の狀態に於て、さうした點で私と同じやうに異常な興味と感動を彼らの想像力に對してきつと感じるだらうと思ふのである。彼らは實に突飛な空想力を以て、祖國の偉大なものの間に何かの關係と歴史を描かうとしたのである。さういふものが民族の文藝による草莽の表現であると、私は考へるのである。さうしたものを天才の偉大に通じさせないで、依然として田園の土臭さの中に土俗の智慧の一相として放棄してゐることは、私は今の文明の恥辱と思うたのである。

私は今まで民族の意識生活が描き出した文明に對して多くの興味をもつてきたのである。私は學問の對象としてもさういふことより他の何かを考へない。外來文明の影響のあとをさがし出すことなども、さして我らの民族の智慧をさがし出す勞力を必要としないし、又單に過去を迷蒙として外來文化による啓蒙を考へるといふことも、思ひの外にものを間違ふといふことを、私は今日の多くの爲政者や教學の人々に警告したいのである。蒙昧といふ形で殘つてゐるものから、本當の日本を支へてきた本能の叡智をさがすことは、今日のやうな亂世では、文學者の務めとなつてゐると私は思つてゐる。これは我國民が二千六百年の長い歴史を護持してきたといふ事實を立場として云ふのである。私の立場は、學問としても文學としてもそれが第一の前提である。

私はさういふ目的もこの本の中で說かうとした。しかし私はそれを記錄されてきた事實のものによつて說くのである。理窟はのち〳〵につけてくれる人もあらうと思ふ。私は實證家でないが眞理に從つて歴史の事實のことばでものを語ればよい。誰でも了解してゐるやうに、今より昔の方が記錄といふことは重大に感じられてゐたのである。それはつねに神のまへで誌されるといふ氣質を十分に有つてゐたのである。さうした點で私は近代とちがふ感覺で古の記錄を尊ぶのである。

かういふ云ひ方から、私が自分の著述を自負してゐると思はれるのは大へん結構だ。私の苦痛とした點は多くの史料が今なほ概して特權者の手中にあることである。しかし私は先進文學者の成果は殆ど最大限に利用し得たと思つてゐる。私が今まで世に問うた文學の多くはこれらの仕事に比したなら、その上でさく花を勝手につんだといふべきものと思ふ。そのやうなことわけは、本書の初めに出した文章と、「戴冠詩人の御一人者」とをでも較べてもらふと瞭然とすると思ふ。ことわけは文章でも云つたが、私は同じ日にこれとあれを考へて、一つを云つたのは、自分が文學者であり詩人であると考へ、それを行はねばならぬと思つたからである。しかし本書が根といふまでには、自分では一そうよく知つてゐるが、私の考へてゐることはもつと廣くまだ形をなしてゐないのである。私はもつと廣く淺くはられた髭根の作用をさぐりたいのである。

私の考へたことや、爲さうとすることについては、本書の中で何どもくりかへしたことだから、改めてこゝで念を入れようとはしない。私はかつて學んだ外國の文藝批評家たちと拮抗するつもりは大たいなくなつた。彼らは民衆からはるかの高所にゐた天才であつたかもしれないが、彼らは我々のやうに長い歴史の民族の集積した力を、己の精神の大衆としてもたないと思ふ。長い民族の血の一系を神人一如の理想として支へてきた悲痛な祈願を歴史としてもたず、又さういふ民衆の代々の祈願に己をもたせかけた上で初めてなし得る文藝といふものの事情には、彼らは全く通じてゐないと考へられる。これは彼らのために氣の毒と思ふ、彼らの文學は、永久な悲劇を、詩の願ひと思ひの上でしかうけとめ得ないと思はれるからである。さうした氣持から私は深いものよりも淺い廣いものを考へるのである。我々にとつては第一義のものを云ふ精神の歴史は、卽ち血の歴史だつたからである。

この本の中で一端を示さうとしたみちは、私の今後に展けてくれると有難い。過去を明らかにすることと、文學といふものとは別途でない。歴史の精神に於ては、文學も學問も一つのものである。我々は單に支配者の公文書によつて、國の治體經濟をよむことのみが學問の眞理ではないのである。民衆が彼らの斷末魔に表現した欣求の表情を見ることは、さういふときの彼らの本然の人間性を見るのでなく、彼らのさういふきはの意識の表現を見ることは、意識を國の運命に對してもつ者のなす文藝のことに屬してゐる。

いま私の考へてゐる文藝の歴史とか批評といふものは、もうかなりに一人で歩いてゐるといふことがわかつてきた。同じやうに考へてゐるものも增してきた。私はもはや指導者を求める心もちを斷たうと思ふ。さういふ心理が我國に於ては一つのデカダンスの消極的表現であるといふことは、もう五年まへに云つた。今は同じやうに考へる者だけが一つの力である。その力の個性化はもう少しさきの時代だと思ふ。私は少しばかり今日の文藝の批評とはちがふことを考へてゐるのである。最もいたましい民衆の爲めに描いた人や、さういふ民衆の祈願を何かの形で記錄したものの文藝から、日本の文藝の手札をさがさうと私は思つてゐる。

近ごろでは復古傾向が旺んとなり、古典とか傳統藝術といつた最上の對象を云ふ人は一ころに比して大分に增してきたが、いつの世にもあつた俗說俗學の類を、心の中で暖めてやらうとする文學者はまだ出ないと私には見える。私は傳說の原型としての土俗のやうな、生々しいものを對象とするのでなく、それをいふ時にもそれらがある意識によつて組織されたり、又組織に加はる瞬間を相手にしたいのである。多分それが文明としての文藝の、最低の又第一歩のあらはれでないかと思ふ。ものごとは日本人の土着の生活が明白になつたのちに前進すると思ふからである。

昨今では我國の文藝の批評も非常に前進したと見える。我々と同學同窓の若い批評家の關心は一般に開放せられ、もうかなり自由自在に文藝批評の領域を、人間生活の全面におしひろめてゐる。批評が解說や案內であつたことは、もう昔の笑ひ話とならうとしてゐるやうである。しかしさういふ轉換の時に、文藝の批評が文藝を忘れてゆくやうなことは、それがあつても少しもわるいわけでないけれど、私は自分だけは、徹頭徹尾文藝の上で是を支へてゐるのである。私はさう努めるのでなくさうするより他に仕方ないのである。また私のやうな固陋なことをたてまへとする文人は、それを今日のことばでいへば、もちばで奉公するといふことにあたると思ふ。しかしさういふことを、高所から要求してゐる人々に、それの可能なのは固陋な者の本性であつて、指導も要求もできないことだといふことを教へてやりたいと思つたりする。つまり日本には、三千年もつゞいた文藝があり、その心ばへに於て、最高な倫理と智慧の主宰者と、及びそれを己の神と祝ふ精神の志の持主たちが、いつも一番いぢめられてゐる庶民の本能の叡智と同じことばで語れる國柄だといふことである。私は世の中への憤りからさういふことを近年云ひたい心でこれらの文章をかいたのである。

こゝにをさめた六篇の文章は、大體「文藝と民衆」といふ連絡するテーマを扱つてゐるわけだが、發表したのが思ひついた時であるから、書き方などは少々づつ異つてゐる。最初の「尾張國熱田太神宮緣記のこと並びに日本武尊楊貴妃になり給ふ傳說の研究」は昭和十四年の正月、次の「蓬來島のこと」は十四年五月、「百人一首概說」は十五年八月ごろに書き、ある短歌の講座本に一度入れたが、のちに若干書き改めた。その他もすべて改めて加筆した部分が多い。「天王寺未來記のこと」は昭和十五年十二月、「道成寺考」は、一部を十五年十二月にかき、一部は今年昭和十六年三月にかいた。「仙人記錄」は昭和十六年二月に書いたものを加筆訂正した。

この本は自分の氣持では、何か一人で旅立たせるやうな思ひがしたものである。これは大へん久しぶりな感じのする思ひであつた。

昭和十六年三月下旬誌す

尾張國熱田太神宮緣記のこと並びに
日本武尊楊貴妃になり給ふ傳說の研究

日本武尊の御歌と傳へる短歌二首が「尾張國熱田太神宮緣記」に出てゐる。私は「戴冠詩人の御一人者」の中ではこれをひかなかつた。後の註でそれを述べようと思つたが、そのうち一本になるまで時期を失した。そのころの思惑では、努めて絕對の古典によつて、私の感慨を語りたかつたからである。しかし古事記神代の歌さへも、すでに德川時代の學者によつて、それが後世の作爲でないかと疑はれてゐる。たゞ私にはさういふ點を模して疑つて、記を疑ふに到る學識がない。しかも熱田の宮の記をひくことは、國史の外の尊の傳說にふれるためためらはれた。その場合私は傳說に亙るものは避けると云つた、今は改めて傳說の面から、時代と民衆と文藝の潮のみちひきのやうな動き方を考へたい。この記に出る尊の歌一首及び宮酢媛の歌一つ、また尊の他にない短歌二首は、私の見るところでは共に古調のものである。私はそれを疑ふ方法は知らない、私があの同じ本の中でかいた建部綾足も、その古調を肯んじてやはり上代のものと云つた。尤も綾足のことについては、相當いかゞはしい噂が多い。綾足、秋成、宣長、さういふ人々の間の毒舌のやりとりなどを考へた上で、私はあゝいふ綾足論をかいたのである。

熱田の宮の記は嚴密に云へばどうかは知らないが、こゝに書かれてゐることは、古代の風をもつ興味ある文調のゆゑ、私は愛讀した。尊と媛の相聞の歌二つも、古事記とはやゝ異つて錄されてゐるからついでに誌すことにする。

ますげ　尾張の山と　こちごちの　やまの峽ゆ
とみわたる（宣長説曰、くゞひがはしの　ひはぼそカ）いかはのはほそ　たわやがひなを
まき寝むと　我《われ》はもへるを　より寝むと　我はもへるを
我妹子《わぎもこ》　汝《な》がけせる　襲《おすひ》のうへに　朝月の如く　月立ちにけり

同じく媛の歌をひくと、

安見《やすみ》しゝ　わご大君　高光る　日の皇子《みこ》
あらたまの　來經《きへ》ゆく年を　年久に
皇子待ちがたに　月重ね
君待ちがたに　うべなうべなしもや
わがけせる　襲のうへに　朝月の如く　月立ちにける

古は物語も歌も口づてに傳へられたと云ふから、同じものか、作爲かも私にはわからぬ。「新治筑波」は記と同じ形である。及び「一つ松」の歌、「をとめの床のべに」共に同じ形で出てゐる。この新治筑波は記紀にも同じ形である。宮酢媛の歌は記に出、紀に出ない。一つ松の歌も紀にはない。なほ倭は國のまほろばは、紀には景行天皇御製とある。これは

記が正しく紀が間違ひであらう。恐らく口にされたほどのものと思はれるのである。「やつめさす」は記は尊の御作となし、紀では、

八雲たつ　出雲梟帥《たける》が　はける太刀　黒葛《つゞら》　さは巻き
眞刃《さみ》なしに　あはれ

とあつて、崇神紀に出てゐる。紀によれば出雲人出雲振根《ふるね》、弟飯入根《いひいりね》に對し恨み忿るところがあつたが、ある日水浴に弟を誘ひ、己はまづ水より上つて、かねて準備して作り常に佩びてゐた木刀の僞刀を、弟の眞刀ととりかへて弟とたゝかつて勝つた、この話を元に時の人が歌つたと云ふのである。記の尊の御歌では「やつめさす」となつてゐる。このことばも後には「八雲さす」と人麻呂も歌つた。これは出雲の風土記に「出雲となづくる所以は、八束水臣津野《やつかみづおみつぬ》の命八雲立つと謂ひ給ひき、かれ八雲立つ出雲と云ふ」とあり、石見に行つた人麻呂は隣りの出雲も訪れたと思はれ、從つてその地理人情にも詳しかつたと思へるから、その人が何故八雲さすと云つたものか、勿論今は知る由ない。或ひは都では釋意を知らず八つめさすと云つてゐるところ、出雲では八雲たつと云つてゐたのでなからうか、人麻呂が八雲たつと云つたのを、都で八雲さすと都ぶりにかへたといふわけでもなからう。だから今でも歌人は釋意のわからぬ語をよろこんで使ふ傾向があるなどといふ人があつた。

どちらにしてもこの歌は人口に膾炙したものであつたと思はれる。さういふ戰ひ方の物語が一つの文化を表明するものとして興味深かつたのであらう。私はこの歌をやはり尊のものと一應記のまゝに考へるのである。それが作爲としても、古典でかうなつてゐる以上

記のまゝに信じたいと思つたのである。それは民衆の認定する眞理に悖らぬ。かういふ大へんな凱歌があの悲劇的な皇子の少年の日にあつたといふことはふさはしいからである。

しかるにかういふ立派な凱歌は國史に少い、私は未だ他に知らないからである。

記にはあきらかに尊のその時に歌はれた歌と釋してゐる。しかしこれはいづれこの爭の形が人口に膾炙して、それの語り歌として傳へられたものと云ふのが正當の説であらうか。時の民衆が敗者の當然性を嗤つた歌として、口承されたと考へるのと、ないし勝者自身のおほらかな古代醇樸の凱歌と考へるのと、いづれがふさはしいことかは、私も考へてみたのである。時の人が歌つたといふのが、やはり筋みちが通るやうに今日は思へるからである。そこで尊の物語にこの一章を加へたとも、日本武尊が（他の時、他の人でもよいが）當時有名になつてゐた歌をその時にくりかへして歌はれたかもしれないといふことも、大へんこじつけて考へ得ることである。そんなふうに云つてゆけば一體日本武尊は出雲に征されたかも考へられねばならぬ。私は大體口承の文獻から長い間の民衆の創造した一人格を削除してゆくことは好まない方である。出雲風土記にはたゞ健部郷といふ名が出てをり、これは景行天皇の御世に宇夜の里を改められたとある。云ふ迄もなく天皇が勅して、皇子の名を錄されたときのことであり、神門臣古禰《かむとのおみこね》に健部を賜つたと云つてゐる。


熱田宮の縁起にはこの二つの長い歌につゞけて、

なるみらを　見やれば遠し　ひたかぢに　この夕潮に
渡らへむかも

といふ短歌があり、さきの歌につゞけて「又歌ひ給はく」とあつて、註して「なるみは宮酢媛の居ます郷の名なり、今成海と云ふ」とある。この短歌の次に「これより先、日本武尊甲斐の坂折の宮にまして宮酢媛を戀びて歌ひたまはく」として、

年魚知《あゆち》がた　ひがみ姉子《あねこ》は　われこむと　床さるらむや
あはれ姉子を

この二首は、私のさきの文章「戴冠詩人の御一人者」中にひかなかつた。二首ともに古調をもつたものである。しかし二首ならべて思へば、年魚知がたの方も、媛の館で披露されたものだらう。

この「縁記」には尊の東征について、異つた事實が附加されてゐるのである。私の日本武尊は嚴密のものでないから、寧ろすべての小説と傳説を附加した方がよかつた筈である。この縁起の云ふ事實も加へた方がよかつたのである。しかしさうすることから、物語の彩色をもつことが、私には少しばかり難事と思はれた。この記には、記紀の文章をそのまま引用した所も多いが、やゝ異る話が、宮酢媛に關して出てくる。日本武尊が伊勢の叔母宮と別れて尾張愛智郡にこられたとき、その地の稲種公が尊に懇請して氷上邑へ來駕を乞うた。私はこの尊の東征に當つて伊勢の倭姫命にあはれて、申されたり教へられたことを十分に考へねばならぬといつた。それは尊の詩と悲劇の一つの眼目を形成するからである。但し今日の文筆のことを思つて非常に不足がちに筆にしたのである。さて尊はその館で稲種公の妹宮酢媛を見られ、「即命㆓稲種公㆒　聘㆓納佳娘㆒　合巹之後　寵幸固厚、數日淹留、

不レ忍レ分レ手」とある。これは「乃ち婚さむと思ほし、かども、また還り上りたらむ時にこそ、婚さむと思ほして、契り置きて、東の國に幸でまして」契りおきて、とあるのとは異るのである。さうして我々現代の讀者にはこの二つの傳承の差に何か解明したい意味があるやうな氣がするのである。

　これからの東征行程は大體記紀の通りである。文章もそのまゝ借りたところがある。しかしこれは後註に云ふ修補云々の時の結果で、原型はもつと獨自の文章だつたかもしれない。地の文は古典によつて改めたが、長歌だけは獨自の傳承をそのまゝ傳へたものであらうか。してみれば、この長歌は見識あつてのこされた一つの型であらう。物語の中で記紀と異るところは稻種公といふのが、尊の征旅の御相手として活躍することである。卽ち尊は稻種公と計り、尊は海道をゆき、公は山道をゆけ、坂東國で會はんと約されたといふのである。尊はこの稻種公と陸奥の玉浦で會つてゐられる。それよりほゞ東征の歸途は記紀をそのまゝ、酒折宮に出、こゝで例の連歌があつたことも誌されてゐる。その後は尊が山道をゆき公が海道をゆく、尾張で再び會ふ約をされる。ところが皇子が信濃を通つて篠城邑へこられてそこで食をとつてゐられるとき、稻種公の臣で久米八腹といふ者が馬でかけつけて、稻種公が海に入つて沒した由をつげた。皇子は「現哉々々《うつゝかも》」と悲泣されて仔細を語れと曰ふ、八腹の語るところによると、公が駿河の海を渡るときに海中に鳥がゐた。鳴く聲は涼しく、毛羽が綺麗である。土地の者に問ふと覺鴐鳥《みさごどり》と云ふと答へた、公はこの鳥を捕へて皇子に獻じようと思はれ、帆舟を飛ばせて鳥を追ふうち風波おこつてそのまゝ海に没したといふのである。皇子は悲しんで急いで尾張にかへられた、その後につゞけてさきの長歌二つが出てゐる。

紀によると皇子の薨去後景行天皇が、愛子の尊の征旅のあとをしのぶための旅に出られ、上總の淡水門できかれた鳥の聲といふのがやはり覺駕鳥《かくかのとり(みさご)》であつた。この時も鳥を得ず、代りに白蛤《うむき》を得た。それを膳臣《かしはでのおみ》の祖である磐鹿六雁《いはかむつかり》といふ者が刺身に作つて御感にあづかり、膳大伴部《かしはでのおほとものべ》を賜つたとある。

尚さきの「なるみらを」と「あゆちがた」などの數首は風俗歌と云ふとかいてある。この縁起は草薙劍の縁起書であるが、燒津は別とし、宮酢媛の館での靈驗などにくはしい。ある夜尊が厠にゆくとき、劍を厠の近くの桑樹にかけて入つたが、厠を出るとき劍を忘れてきた。曉に眼ざめて驚いてとりにゆくと、忽ち桑の木が照り輝いた。この話から中世にかけて熱田の語源が傳承された。しかし縁起では熱田の語源が同じ形であるが、このときと分離されてゐる。その光は光彩人を射るほどだつたが、皇子は神威を懼れずとつてきて、その話を媛にされたところ、媛はあの木は未だ怪異のあつたものでないと云つた。尊も劍の威についてうたれるところがあつたので、そののち御自身は一人で京都《みやこ》に歸らねばならぬけれど、やがて媛を迎へようとさとされ、それまでの媛の獨りの床の守りのためにこの劍を止めておかうと思ふと申された。こゝで私はのちの世の誓ひのやうな形式をそろへてみたいと思ふが、勿論それについては何の確言もないし、さういふことを確言することが、私の今の目的でもないのである。しかしこのことを知つて大伴の建日臣が、伊吹の惡神の噂をきいてゐますが、その神を鎭めるのはこの劍威によらねばなりませんと止めた。しかし尊は壯語して建日臣の言に耳を傾けられなかつた。この草薙劍の傳說について「雲州樋河上天淵記」によれば、素戔嗚尊が、この劍を出雲で獲て天照大神に獻ぜられたとき、大神が「我屛二天岩戸一時、落二此劍江州伊布貴山一、是我神劍也」と曰され、やがて天孫に賜つたとある。これは物語が複雜化してゆくゆき方の一つであらう。かういふ意識はすべてが指導的見地から出る文化的複雜でなく、素樸に、それから〳〵とものをきゝ、あとさきの合理づけに安んじてゆくあの低級の民衆的關心にも共通するのである。その時何によつて安んずるかは歷史の精神の問題である。

　この緣起には寶劍のその後の由來を誌し、それが天智天皇七年新羅沙門道行の盜難にあつた話がかゝれてゐる。道行は寶劍を盜んで伊勢にのがれたが一泊した夜に寶劍は袈裟をつき破つて熱田へ歸られたので、再びしのんでこんどはさきに七重にくるんだのを九重にくるんで、難波より船で本國へ渡らうとした。しかし海が荒れて渡り得なかつた。そのうち寶劍は人の夢に出現されて、この由を告げられ、道行は追及されること急になつたので、神劍を棄てんとしたが、今度は神劍が道行から離れない、止むなく自首して斷罪をうけた。寶劍はその後宮中にあつたが、宮中に於て神皇同殿されるうち、神威によつて天皇に病が起り、よつて再び熱田へ奉祀し、宮酢媛の族が祀ることとなつた由がつけ加へてある。この記は尾張連清稻が貞觀十六年春に記したものを、藤原朝臣村椙が寛平二年十月十五日に修して、三通の寫しをとつて、一を公家に進め、一を社家に贈り、一通を國衙に留めたものである。

熱田の語意につき縁起には、尊の薨去ののち、寶劍を祀らんと、その社の地を定めたところ、楓木が一本あつて、それが自然に炎燒して水田中に倒れた、光焰はそれでも消えないで、水田は熱くなつた、そこで熱田の社ととなへたとある。この傳說も足利時代では尊の事蹟と混同された。本居宣長は「年魚市田（アユチタ）の約りたる名」と云つてゐる。年魚市は卽ち愛智郡である。

熱田の社史は武家時代に入つてにぎやかになる。寶劍と尊のゆゑであらう。治承三年十一月に院方の人々のクーデーターが、未發のうちに淸盛に斷壓された。そのとき太政大臣師長も一人の流人として、あづまに下る際に當社に詣でた。當時の平家物語には當國第三の宮とある。古く延喜式にも出てゐるが社格は今と比較にならない。「古語拾遺」の著者は大同年間に、この由緣の正しい寶劍が未だ朝廷の祭祀にあづかつてゐないことを憤慨して上奏したのである。賴朝は熱田大宮司の親類であつたから、吾妻鑑ごろからはずゐ分に文書にも出てくる。そのころから社格も昇り、やがて武家の信仰の源となつたものであらうか。「信長記」に出てくる信長が桶狹間出陣のとき當社に祈つて靈驗を得た話は大へん有名である。太平記劍の巻には賴朝が家寶鬚切を當社にをさめて逃れる話がある、源平盛衰記によれば師長が琵琶を奉納したところ、明神が白狸にのつてあらはれ、平家滅亡と行末の榮えをさとされたとある。もと〳〵源氏に緣深い神のやうである、義經が吉次との奥州下りの時もこの宮のまへで元服したと義經記ではなつてゐる。鎌倉時代にかけて尊崇されたことは沙石集や海道記東關紀行などにも出てくる。源氏との因縁もあらうが、海道が政治上の交通路となつた故であらう。いざよひの日記の作者も、こゝへ四首の歌を獻じて東に下つたことはよく知られてゐる。

熱田を蓬萊になぞへる説は、足利時代からのものと思はれる。永享四年九月將軍義教に從つて富士見に下つた堯孝法師の歌日記「覽富士記」に蓬萊の島をみてといふ一首の歌があり、

君がため老せぬ藥ありといへばけふやよもぎが島めぐりせん

この將軍下向には、かの飛鳥井雅世、今川範政なども從つてゐる。雅世にも紀行があり、別に「富士御覽日記」のやうな一卷も傳へられてゐる。代々今川家は文武の名家である。それが信長に破れて世評からも沒落したのは氣の毒であるが、中世の詩人たちのパトロンとして第一の家である。さて堯孝法師の紀行にはなほ蓬萊の島を見る云々とあるのみだが、その傳説はもつと幅のあるものであつた。「梅花無盡藏」によればすでに文明十七年の頃に、宮の後に石浮圖があり楊妃廟と稱したと傳へられてゐる。永祿十年八月に熱田に詣でた紹巴も、社の西よりに楊貴妃のしるしとして、五輪石塔の苔むしてあつたよしを「富士見道記」に誌した。建立は文明十七年をもつて數へても永祿十年より既に百年以上も古いことであらう。ずつとのちの「羅山文集」の慶長十二年作「東行日錄」中で「世之傳者、或以二此廟一爲二蓬萊宮一、以二此神一爲二楊貴妃之靈一、蓋流俗之妄乎」と云つてゐる。「丙辰紀行」にも同じことがのべてある。「是社のみならず、巫覡の託宣、世間の傳説は、おほやう

おぼつかなき事おほかる」と云つて林道春は大へん憤つたらしく一つの詩をつけてゐる。

東征功就凱旋時、宿所曾徴宮簀姫、
誰道馬嵬坡下鬼、一朝來レ此立二靈祠一、

かういふ傳説の玩弄り方などつまらぬことであると云はれるだらう、尤も林道春がまじめに辯證してゐるから私は意味を考へたのでない。しかし蓬萊宮や楊貴妃があらはれたりした話には、何か、歴史に於ける民衆の生活が、又それを何とか形づけようとする一つのイデオロギーをもつた者との關係が、うまく共振した形で、かなりこみいつたひろい規模でうごめいてゐるやうな氣もして、その究明には若干の發掘的興味もある。一體日本武尊と楊貴妃をどんな形で結びつけたかといふことである。どういふ生活をし、どういふ考へ方をした民衆の間にかういふ發想が生れたかといふことは、文學史のものを明らめる上でいくらか利得をもつかもしれないのである。さういふ考へ方などは、思ひもよらない大きい第一義のものとかゝはりある場合があるからである。そこで我々のまづ基礎として考へるのは例の垂跡説の變遷である。垂跡説はイデオロギーの方では、太古から今日まで變遷しつゝなほ絶大な勢力を未來にまでもつ思想の一つのもの、いくらでも變貌される一つの發想である。神言、啓示、夢、神託、遊靈、靈感、スピリツト、エスプリ、輪廻、ニイチエ的回歸説、病ひ星のみち、ハムレツトの幽靈、すべてのガイスト的なものは永遠に生きてゐる。しかし私は脱線してはならない。この時代の垂跡説は本地物語といふイデオロギーにすぎないのである。お伽草子の時代である。時代は能が大衆文藝であつた時代である。

むつかしい物語を話し、古歌を釋する幽靈もあつたし、歴史の初めから見てきた老人が生存して物語をした時代である。尤も垂跡説と、さういふ物知りの口承者のその間に、かなり文化的な、若干の憤懣の夢を藏した、さうして自づから民族的意識をもつて了つた吟遊詩人が介在してゐることを忘れてはならぬ。道春の如き、傳承する心ばへを無視してたゞ結果の形の合理か否かを論ずる合理主義に對し、何かの形の行動原理としての民衆の夢を信じる儒者の現れるのはずつと後代である。夢を信じる詩人が、傳承を一應その美しい瞬間、何かの影響や色づけをうけてゐない民衆のいのちの原始の狀態、さういふものからくみとるのである。かういふ理窟を云ふと、日本武尊と楊貴妃の關係が、殺風景のものとなるので、こゝ千字足らずの文字を無視して、讀者はすぐ次の話をつゞけてもらひたい。

熱田宮の本地を說いたものに、「熱田宮祕釋見聞」といふまづいへば一種の怪文書がある。「穴賢々々、他人不可見、可祕々々、熱田宮祕尺」と結んである。それより「熱田講式」の方が讀んで興あるが、これも私には判明でない。その中に熱田講和讃といふのがある、それをまづ興味もあるからひいてみよう。この見聞、講式二つの文書には熱田が蓬萊宮であることをのべてゐる。

飯命熱田太神宮。　高藏八釖大福田。
氷上日破源大夫。　左右八萬(百歟)萬神者。
神集ニ集テ。　皆是力ヲ合ツ、。
和光の塵ニ交リ。　蓬萊山ノ濫觴ハ。

尊神空ニ住シ時。
流レ來ヲ悦テ。
手撫ガ島ト各（名カ）ケリ。
初テ神宣新ル。
本誓利生地ヲ見ニ。
不絶清水沙岩ヨリ。
靡の萬草榮ル。
居地ナル故ニ來臨。
神ノ教ニ隨テ。
六尺入テ見マツレバ。
神ノ示ニ違ネバ。
恐退キ此所ニコソ。
四面八町一夜ニソ。
靈木其數多レド。
櫻ノ宮ゾ盛ナル。
人モヤ民木宮木引。
御幸ノ松ノ名モ高。
百枝ノ松ニ枝カハス。

遙ノ沖ヨリ島一ツ。
尊手ヲ撫トゞメ。
去ル常色末ニノ。
天下四洲ヲ求ツ、。
四方ノ氣色ハ炎ニテ。
流レ出ヌル潤イニ。
永ク壽命ヲ可續。
七度財ヲ納ヌト。
孫谷宮丸鋤取リ。
金ノ箱ゾ顯畢。
信感肝ニ銘ツ、。
宮所ヲバ定ヌレ。
俄ニ林と成ケル。
春日祭ル梅ノ宮。
夏ハ手毎ニ榊取。
秋ハ紅葉ノ手向山。
冬モ常盤ノ千枝杉。
檜槻梧村々ニ。

雪ノ白綿掛ヌレバ。　花見山トゾ名ケル。
東ノ峰ヲ出日ニ。　玉ノ甍モ耀ケバ。
玉妃ノ昔ニ不異。　西ノ海ニ入月ノ。
都ノ空ヲ詠レバ。　朱鳥ゾ于今覺ル。
誓ノ紉ヲ引トカヤ。　江崎ニ船ヲ集ツ、。
南ノ村ニ市ヲナシ。　此ノ村ハ神久テ。
松炬ノ島ニ宮人ハ。　日々ノ官幣忙シ。
夜々燎ニ學ツ、。　貴賤壽福ヲ祈テゾ。
各田薗寄奉ル。　東西兩所勤行所。
讀經論談盛也。　南北兩社樂屋ニハ。
音樂晝夜ニ不絕。　蓬萊不死ノ樂ハ。
喜見城ニ不異。　一度歩運人。
二世ノ願ヲ圓満也。　常盤堅盤ニ榮ケリ。　二反。

この和讃は大へん素璞のもので、かう云ふ形の中でも古く拙く雜である、私には解讀し難いところもあるが、やゝ蓬萊宮の縁起は解されさうである。しかし蓬萊宮より興味あるのは、楊貴妃であり、楊貴妃を尊の化身とした民衆の意識狀態が、大へん私に感興されるのである。どちらにしても楊貴妃の傳へられるときは白樂天などを通じてであらうし、自づと蓬萊宮もそこに入るのである。さういふ一つのことが、間々文學の因緣、緣起のきつかけともなるものと共通した場所を持つてゐると思へるからである。もちろんかういふ巷間の俗語を、國家社會の政治經濟面に結んで云ふのは如何か、さらにそれをわるくひねつて語つてみるのは如何か、と思はぬでもない。しかし文學批評はさういふ世界のものらしい。なほこの講式の囘向篇に、例の有名な橋、堀尾金助の母の和文銘のある裁斷橋が出てくる。當社の社寺堂舍を一々本地にあてはめ說いた中でこの橋もあげて「終一切衆生者、悉渡裁談橋」とある。その和文銘は天正十八年より數へて卅三囘忌にかけられたときのものである。さてこの熱田講和讃の古くおびたゞしく拙い調べには少し呪歌の調のあるのが味であらう。

　熱田の宮と楊貴妃との關係やこの熱田講式の和讃などの俗說の前景となりさうなもので、いくらかのかゝはりがありさうにも思はれるものに、やはり足利時代に流行した三十番神の說がある。淳和天皇の天長年中に叡山の横川に如法堂を創立し法華經ををさめたが、のち後三條天皇の延久五年に、首楞嚴《りやうごん》院の長吏で阿闍梨良正といふ僧が法華三昧を修業したとき、國內の有名な三十番神を勸請して日々交番して如法堂を守護せしめた、これが三十番神の由來である。「叡岳要記」に「延久五年日本國三十番神ヲ勸請シ、如法堂ノ守護神トナス、首楞嚴院ノ長吏阿闍梨良正、一日熱田大明神云々」とあつて、熱田明神は一日の日の守護に當つてゐる。この三十番神は兩部神道に用ひられたが、東密に於ては三輪流の神道灌頂に之を傳へた。今「神光興耀記」によると、永仁年中日像洛中に布教中、この三十番神感應示現せりと稱して、爾來日蓮宗にこの信者多しと說かれてゐる。そののち德川時代にも元の日蓮宗寺院でさかんに用ひられたものであつた。永仁年中といふのは伏見天皇の御代で、鎌倉幕府の殆ど末期に當つてゐる。永仁といふ年號が終つてから十七年目に鎌倉では高時が執權職につくのである。

ところでこの三十番神の圖解は、所謂神道藝術の一種だが、熱田大明神の本地を大日如來とし、女形にして通印を結ぶといふことになつてゐる。この圖は多く流布するかどうか知らぬが、私は一度見たことがある。大日如來は梵名では摩訶毘盧遮那《マカヒルシャナ》といひ、摩訶は大の意味、毘盧遮那は光明遍照と云ふことである。

さて日本武尊と楊貴妃が同じものと思はれた時があるのではなからうか。さういふ疑問は、あの靈劍にさへ垂跡説をふりあてゝゐた時代のことを考へると起ることである。しかし垂跡説では、立派な神佛が他の神佛になつてあらはれるのであるけれど、輪廻と垂跡が少し粗野な民衆の間で混同することは當然である。民衆はさういふ二つを學的に別つたことや、別つ考へより、いつも本能的にさうした二つの考へ方の生れる根源をいきてゐると思はれるからである。その上楊貴妃は、歴史に二人とない美女であり、それは唐といふ大國を傾けるに足るほどの美の力をもつた女性であつた。かういふ大きい美は、憎んだり、又倫理批判をするよりも尊ばれるものである。そこで日本武尊が楊貴妃と同一のものであつても、民衆の英雄と詩人と美人を共通に祭祀する心は少しも汚されないのである。民衆は英雄と詩人と美人を尊敬し、神と等しいものと見る眼を永久に保持してゐるのである。

だから日本武尊が特に楊貴妃となつてあらはれたことについては後には理窟づけられる

ことである。問題は誰がこゝで楊貴妃を考へ、或ひは何がこんな聯想を發想させるやうな語り方をしたかといふことである。熱田あたりの民衆も、日本武尊の國家經營や運命についてはうろ〳〵に知つてゐただらうし、それに加へても、尊を中心にしてあらはれる、倭姫命や弟橘姫命のやうな美しい姫たちの立派な行爲や美しい人柄については、宮酢媛の話と共に熟知してゐただらう。倭姫命が大へんな美女だつたことは、物語から想像されることであるし、「倭姫命世記」にもかゝれてゐることである。なほまた美しい少女に粧つて强敵をたほされた尊の話など特に拍手したと思はれるのである。この話が恐らく一等心にこびりついてゐただらう。美しい少女のやうな若者が、ひるがへつては鬼の如き强敵をたふすといふことは、これ又民衆のロマン的な夢である。それ故尊の場合もこの說話が特に重要であるといふことはまづ一應注意しておくこととする。尊が日本の精神と文化と文學の歷史の上でどれほど重大な時代を表現されたかといふやうなことは、今日までは學者さへめつたに考へなかつたのだから、むしろさういふ尊の精神を本能でとらへて俗說を作つた民衆の方が、本能的にかしこいと云はねばならない。それに加へて、尊が三度變貌して陵を出、白鳥に化身して天上にかけあがられた話も回想しておく必要がある。陵をみると衣服だけがのこされお體はなかつたのである。かういふ悲運の英雄、しかも美しい物語だけで出來上つた皇子は、永久に生きて天上を飛行してゐられるやうな幻想もわくのである。皇子には現に、己御自身で認められた最後の勝利などなかつた。又その皇子はこゝへ宮簀姫の爲にと靈劍を止めてゆかれたゆゑに、途中で毒にあつてなくなられたのである。この點はこの地方では重要な關心のきつかけとなることである。だからこの點を熱田あたりの故老の説を多く加味したといふ「縁記」は特に強調し、それは記紀と調子のちがふ第一の點である。

かういふ皇子が轉生される可能性は充分にあるのである。加へるに本地ものがたりや靈驗記や垂跡説の影響もあり、能や田舍まはりの藝能も考へられるのである。たゞ皇子の再生を蓬萊島にもつてゆくことは一應別として、楊貴妃に結びつけたことは、問題といへば問題、むしろ感興のふかい民族的浪曼主義が感じられる。偶然の機縁で、宮の西の方にあつた苔むした塔を楊貴妃と呼びなしたといふよりも、さういふ意味で私は楊貴妃物語がおこなはれてのちに、尊と別に誰か妃も祭り出したものと思ふのである。さうするといつか妃と尊を結びつけねば不安になつた。たゞこの物語を結びつけたものは、恐らく民衆であらうが、その着想と形式を教へたものは、俳諧師系統の雜藝者たちであらう。語り方が神託や巫を使つたり、その雰圍氣を味はせたりしたと私は考へない。私にはもつと深く語り手に藝術感覺の濃い知識的な何かがあつたと思ふのである。でなければ、こんな頽廢しやすい話術を考へはしない筈である。すでにその話の頽廢をしりつゝ、何か別の夢を傳へるあきらめた手段としたと、もう思はれるのである。楊貴妃といふ美しい美女が出てきて、その榮華が唐を衰へさせた話や、連理比翼の物語などきゝつゝ、それがどういふ着想と徑路で日本武尊と結びついたかは考へれば考へるほど興ふかいことである。

當時海外發展時代の民衆の地理概念、歴史概念も、文藝の一般でいへば荒唐無稽である。

例へばお伽草子などをみると、陸奥から出て土佐の港から裸島、女護島、蝦夷島、鬼の千島へ海上四百三十餘日、博多より海上千日羅刹國、富士の人穴は百三十六地獄の門で、その落口に極樂國がつゞき、京都の地下國は鞍馬、愛宕に口穴がある、その神佛過現の人が混淆して住む地上國は樂しすぎる。さういふ中で、民族意識や國家意識をわけていふことも荒唐と思はれるが、平家物語のかたりてが、いつの間にか、日本の民族と國家意識を民衆に潜在させたやうなことは考へられるのである。もと〳〵一つの民族で、己の祖先に源平二つをあて、我は平氏などいふ信仰が、ひどく無知で正直な山里の村などに却つて早く起りさうである。

たま〳〵日本武尊傳說の本場で、楊貴妃の物語をきいたものらが、尊の國家政策を、幼稚に國際問題にまで考へ、日本を救ひうちたてるためにあの美しい物語の一生をへて天上された尊が、唐土で楊貴妃となつて、日本の敵手である大國を策謀的にうちつぶしたと、語り方ときゝ方が共同して、解釋づけられぬわけでもなからう。夢想から出たのが事實となりさうである。それに加へて當時の久しい拜外政治の下で、錢も品も唐物でなければと考へ、恥しい屈辱的外交を結んでゐたことに對する反抗も、連歌師仲間の若干の知識人になかつたわけでもなからう。能とかお伽草子といつた民衆藝術が、足利時代に始まつて、おそろしく日本主義風な自覺を表現した。これは足利文化の一面にある復古主義と通謀したとさへ思へる。又宮廷の至尊調に奉讚した庶民の聲のあらはれとも思へるのだ。何かの都合でつくりあげられた民衆の空想、日本武尊と楊貴妃を、さういふ心づもりで結びつけて、こんどは一つのイデオロギーとするやうなこともこの人々の仲間の手では可能であつた。連歌師仲間の知識人たちの間から起つた反支那主義の日本主義運動は、南蠻紅毛のことなども相當知つて視野の廣かつた堺の自由市民の間からやがて文化や批評として組織される氣運があつた。堺の市民たちは我國の詩や藝術を茶道や風流で表現したが、この時代をのちにつなぐ唯一の詩人たちである。この足利末より桃山にかけての特殊な詩人たちの自負の氣慨は、古い世の拜唐物精神を日本主義にかへし、一切の鑑賞系統を革新したことであつた。唐物の代りに朝鮮物の方を認めたことは、國際情勢から云つても、武家時代足利外交を通じての日本の依托關係を支配精神に變革した一つの現れであり、この現れ方が太閤の外征でピリオウドうたれるわけである。

俳諧師が傳說に何かの理由をつけたとしてもそれも亦民衆の思想や趣好に卽して好みに從つたものと一應考へられる。變なぐあひに一つの日本の自覺が、當時の國際狀勢のどんづまりの中からでてきて、日本武尊楊貴妃傳說もその一つのあらはれと、こみいつて考へられるのである。それを理解するためには、大きくいへば、足利外交から太閤の征韓へくるみちも考へられるし、利休一派の日本主義運動もさういふあらはれの一つである。もつと大きいものをいへば永德や宗達の創造的天才もこゝで數へるべきだらう。利休が秀吉に向つて、建言した文化政策の國策は、今日の日本の政治家輩にたうてい聞いてもらへぬことであらう。しかし秀吉は利休の數ケ條の文化國策をそのまゝ鵜呑みにしてゐる。そのまへにも秀吉は何人かの文化國策をきいてとらなかつたのである。

利休が秀吉に建策した文化國策は、たゞに云へば日本主義――卽ち利休の風流論であり、美學であつた。この點に關しては、同じやうなやり方で、信長は少しちがふやうである。信長の文化國策は南蠻ものをとり入れた一種の反動を主潮とし、舊來の拜唐主義から未だ轉回へとは動いてゐなかつた。しかしこの拜唐主義に反對してきたものは、後鳥羽院の苗床から出た流浪詩人たちであらう。西行を祖師とするやうな一黨が、上流生活を止めて、農民の住む田舍を歩いてゐた。そこには院の教へが玉條のやうに傳つてゐたのである。當時の上流武家の代々のとつた政策はすつかり宋元明に依存する外交であつた。さういふことに對する批判は知識人はともかく、もう一様にもゆき亙つてゐただらう。でなければ太閤が出ぬわけである。

どうも傍道になつていけないのだが、日本武尊が楊貴妃であるといふことが、あれこれ説明され、さらにその發生に迄ゆくみちが話術や民衆のアインビルドウングスクラフトの方からも一應理窟に合つたやうに思ふ。云つて了へば最後のおちだが、天文十三年九月廿日過ぎに都を出た俳諧師宗牧の「東國紀行」に熱田の宮の條で「唐の代起りて、我國をかぶけむとせしにも、貴妃に生れたまひて彼の世を亂れしも、この御神の力とぞ」とあつて、そのさきに「當宮は日本武尊にておはしけるこそ」とかき始めて日本紀を同想し、連歌の起りにも筆をやつてゐる。この傳説が、海道の要所で旅人に物語られた時代は、相當長く、しかもそれは日本の重大な歴史的轉換期の一つの象徴的な傳説といふ價値もあらうと思ふのである。私はさういふ意味でこのことを、自分の舊作を徐々に補足してゆくつもりの覺えがきのはじめに誌すことゝした。この宗牧は翌年春三月江戸に到着してゐる。この人は松永貞德の師として知られる俳人である。熱田の條では、「大宮司於濃州討死」と記し、「かたく\今度は遠慮然るべきのよし申したるに、結局霜臺より、興行の事、内儀催さるとなむ、亭主祝着のよし申されて、發句の事は下國毎度なれば、辭退たびたびなれど、

霜がれや穂なみにかへる荻の聲」

かういふ特定な旅人たちの日常の少しはこれでも想像されるのである。

さきに一寸引用した「雲州樋河上天淵記」にも、日本武尊が楊貴妃になり給ふ說がのべられてゐる。天淵記は文中の割註よりみれば大永三年の作と思はれる、この年に前將軍足利義稙が逃避先きの阿波で死んでゐる。海道の傳說は必ずしも天淵記の說が源となつて流布したといふわけでないだらう。天淵記は寶劍の歷史を描いたものだが、寶劍が國家異常の日に示された奇瑞を以て、歷史が寶劍によつて支配されたやうに云ふのである。尤も源平が屋島から長門浦までのびのびに戰つたのは、寶璽のためもあつたわけである。今からいへば寶劍が源平を戰はせたとか、建武亂後はじめて出現されたことに意味をもたせるのは云ひ方によつては無稽と云へようが、我々のあたりまへの心はかういふふうの歷史を、今日でも多分にのべて、一應時代のイデオロギー面で知識人ぶつてゐるやうなことも見あたるものである。鎖國主義の德川時代も中期以來になると、科學的考證といふイデオロギーを話術として、義經成吉思汗說などで以て、民衆の判官びいきと、浪曼性の滿足を組織する不遇のインテリゲンチヤがあらはれるのである。これも方法樣式はちがふが文藝精神

のあらはれである。天淵記の一例を云へば、さきに皇太神が伊吹山へ劍をおとされたといふ話をひいたが、伊吹山の尊の遭難は、さきの大蛇が惡龍となつて、怨をかへし劍を奪はんとしたものであるといふふうに、かういふ話の結びつけ方は、ものの云ひ方やあとさきのわからぬ、又關係ないことに臨んで、何か不安を感じる流俗の心に妥協する物語が、子供のやうな知識程度の民衆の間で律されてゆく發展形式の一つである。もし要求あれば、今日の評論や小説で、これと類似のものはたくさん示しうることである。物語の求めるものが、大そう多くさういふ興味あつて合理性やしめくゝりのない現實から描いた一つの非實在的模型である。かういふ模型から、歌や抒情の世界だけを選び出すためには、相應に搾取的組織が不可缺である。さうして向うの求めるものを知つて、且つ頽廢する話術の方から自分の夢を供給するインテリゲンチヤといふものと、かういふ對手の間に、ぢきにへだての出來るのはあたりまへである。だん〳〵してゐるうちに夢より話術形式の方が變化する。形式は古びる。さうして形の古びたり頽廢することは、インテリゲンチヤはよく知つてゐるのである。夢をそのまゝで云へなく、何かのイデオロギーの助力がいるといふことが現實なのである。しかし私は今は民衆生活の物語に對する求め方を云つてゐる。こんな意味では、記と紀を分け考へたり、殊に神代から近づいてくる時代を、古い神代巻と比べるだけでも、漫々的ではあるが、かなり強い純文藝化のあとがみつけられるのである。まづ物語と歴史が分たれるところは、話し相手、聞き手の方からも云々されるのである。

天淵記その他に述べてゐるところから云ふと、まづはつきりしてゐる範圍のみでも文明、大永、天文、永祿、慶長、二百年はたしかである。二百年近い間ある地方の日本の人々は、相當見識を以て日本武尊が楊貴妃となつた話を信じてゐた。天淵記で劍であるとしてゐることは一寸ひかへることとする。さうして信不信よりも、その信じ方、信じさせられ方、又そこまで話をもつていつたゆき方に私は今日の問題に關聯させても津々の興味を感じるのである。念のために天淵記の文章をひくと、「又四十五代聖武、四十六代孝謙帝間、李唐玄宗募ニ權威一、欲レ取ニ日本一、于レ時日本大小神祇評議給、以ニ熱田神一倩給、生ニ代楊家一而爲ニ楊妃一、亂ニ玄宗之心一　醒ニ日本奪取之志一給、誠貴妃如レ失ニ馬塊坡一、乘レ舟著ニ尾州智多郡宇津美浦一、歸ニ熱田一給云々」この劍がいつか尊といり混つても少しもをかしくないのである。この説明は巷談をもととした一つの解釋であらう。民衆が聯想したのちのこじつけである。民衆の發想はどこからくるか、私にはたあいないこととも考へられるのである。さてさきの道春の詩は、何かこゝらと結ばれてゐるわけである。大儒道春が、非合理な形であらはれて了つた話し手と民衆の共感の作つた物語の蒙の中にある奧深の精神を理解しなかつたのは當然である。時代を去る我らだからその話の組織された結果だけを云々するまへに、いとまを以て民衆の蒙の底に何か清明の朝明にかよふものや、永遠の夢想にあひふれるものをのんびり語りうるのであつて、これを以て見ても、我國の如き久しい國體を確保した國に於ては、容易に啓蒙を稱し得ないことを、文明開化の學風の影響の下の人々は考へられたいのである。

蓬萊島のこと

日本武尊が楊貴妃になつたといふ傳説のことと共に、同時に熱田が蓬萊であるといふ傳説があつたとさきにかいたがそのことについて少し書かうと思ふ。この二つの傳説はほゞ同時代のものであらう。さきにかいた「梅花無盡藏」でも、尾州を蓬萊とよんでゐる。

私は去る初秋に熊野の新宮にゆき、徐福の墓に詣でてきたことがある。この熊野も蓬萊の地との傳説をもつてゐる。さらに我國を蓬萊といふのは古い。私は一般古代民衆のもつてゐた地理概念といふよりも、むしろ地圖概念に興味がある。鎌倉末から足利にかけての日本人の空想力の發展は、さういふ時代の交通の海外發展と共に、低俗な民衆生活の面から起つてきたのである。それはお伽草子などや、もつとちやんとした保元物語などのあるところでも見られる。お伽草子のもつおほらかな物語性や大衆性はさういふ點でも又興味多いし、近世文學の日本人の空想がさういふ點から出てきたことは改めて注意してみてもよいことと考へるわけである。あの足利期の庶民文藝には實によい心もちがある。

「梅花無盡藏」は僧瑞九の詩文の集である。瑞九は應仁中の學僧であつた。有名な太田道灌とも親交のあつた人である。さきの文章で云つたが、文明十七年既に楊貴妃が熱田に祭られてゐたといふことを證する事實は、この人の文明十七年秋の東行日錄中に出る。尤もこの日錄は、日課として作つた詩によつてなつてゐる。瑞九はその年秋九月七日鵜沼を出でて東武に赴いた。その日の途中で雨にあひ、「請天還我兩旬晴」と咏じてゐる。「小蓬萊昌福之一龍、爲余東遊惠越簑」とある。この日より大たい一日一首の作詩が錄されてゐる。八日は淸洲で犬追物を見、九日は「重陽謁熱田楊貴妃廟」と題して次の作がある。

謹白眞妃若有靈、　開遺廟戶試閑聽、

生々合託鴛鴦菊、　天寶海棠何故零

尙題辭の下に細註して、「宮背石浮圖、名楊妃廟」とある。これが卽ち現在私の知る最古の記事である。瑞九は二十九日に足柄にかゝつてゐる。その作に「箱根雖近小桃源」云々の句がある。「出桃園赴足柄」と題され、細註に「自桃園赴相州、有兩道」云々とある、桃園とは定輪寺の山號である。江戶城についたのは翌月二日であつた。當時江戶城には太田道灌がゐたのである。騎乗の兵十數騎僧俗數人の出迎へをうけた、途中凡二十六日を要したわけである。さてこの本では尾州を洒落て蓬州と呼んでゐる。「熱田神宮講式」の中の和讃にも、「蓬萊山ノ濫觴ハ」といふ文句がある。

この和讃は熱田宮が蓬萊であることを說いたものだが俗語俗調に難解のものがある。豫め云へば私はこの和讃の中の蓬萊山と、又同じく和讃の終りに出てくる喜見城の語に關心があつた。和讃の末句に、宮の繁盛ぶりを「蓬萊不死ノ樂ハ　喜見城ニ不異」とかいてゐる。こゝで喜見城は勿論比較修辭の役に使用されてゐるにすぎない、これが二つを一つにしてゐないといふ事實は、このとるに足らぬ雜文學ではあるが、この和讃を歴史的に考へたり、民衆生活の時代樣相から考へる點で、考へ方に對して少し意味がある。かういふこゝで云ふ考へ方は思想的なものの考へ方であらう。

蓬萊に聞かばや伊勢の初だより、といふ句があるが、この蓬萊は元旦の蓬萊飾りのことだらう。しかし家藏に蓬萊山の古圖があつて、家俗ではそれを葬式の日に床にかけてゐる。家には來迎の古畫も一二あるが、それは年忌にかけて、蓬萊島の朝日出や、救世の船を葬禮に使ふのである。家のみでなく、近隣の故舊は、好んで家より借りてこの圖をかける。私にはだから蓬萊飾りと、蓬萊圖の因縁が、變に混雜してゐた。

芭蕉は皇室の讃歌と一緒に、將軍の讃歌も歌つた大詩人である。芭蕉が高山彦九郎ばりの勤王家風の慷慨歌を諷したといふ意見は、子規時代にもあつた。尤も芭蕉を勤王家列傳に加へても、最末席になつて了ふだけで、凡そ意味のないことだ、といふことを子規は云つてゐる。朝家の衰微といきどほつた如く、芭蕉は又カピタンをつくばはせた幕府の威力も、日光の神々しい美しさもたゝへてゐるからだと云ふのである。却說私にはさういふ因緣で、芭蕉の蓬萊がしつくりしなかつた。昔から蓬萊といふ歌ひものの連中があるやうな氣がした。「楊貴妃」や「鶴龜」は蓬萊宮に關係の深い謠曲である。それらの作品や「江ノ島」などには老莊の影響があると云へば、さういふ考へ方と云ひ方に一寸うれしがつて昂奮したやうな時代もあつた。昨今文藝から考へられる我日本の民衆が、さういふ輕薄な正直さからでなく、古い昔にさへもつと文化的な濃厚なうれしがりかたをしてゐたことを氣づいた。さういふ點で私は今日の學者の所謂「影響」といふ代りに、ある種のデカダンを考へるのである。もつとも昨今に於て語義どほりの「影響」が、日本を流行しただらう。これは日本人が、固有文化の生き方を失つたときの非文化と正直さの反映である。

「影響」といふやうな考へ方がすでに變化して、明治開化學風以來ちやちなものとなつた、今ではどこに本來の日本人らしいまねの仕方と、その上手な人があるか、少くとも純文學やまじめな大衆文藝からなくなつて、もつと下位の文學的藝人の中に、日本の文明移植の考へ方の本流がいびつな形で今も生きつづけてゐるやうに思ふのである。かういふ歴史を考へるとき、民衆とか國民といふものを私はインテリゲンツより重視して見たい氣がする。

謠曲の「楊貴妃」は相當有力な作であつて、恐らくそれは、ずつと太古の日本人からそのまゝ傳る形式の話術を、すべて包含してゐるもののやうに私には考へられるのである。これは例の長恨歌に取材してゐるが、少し様子が異つてゐる。長恨歌の作者白樂天のことを云へば、謠曲「白樂天」では住吉明神に我が國風《くにぶり》（和歌）を讃嘆させ、漢才の國風に及びがたいことを述べた大へん面白い作品である。舟をうかべて日本についた樂天が、濱の一漁翁にあつた。この漁翁は住吉明神の化身であるが、こゝで「如何に漁翁、さて此のごろ日本には何事を翫ぶぞ」「さて唐土には何事を翫び給ひ候ぞ」「唐には詩を作つて遊ぶよ」「日本には歌をよみて人の心を慰め候」「そも歌とは如何に」「それ天竺の靈文を唐土の詩賦とし、唐土の詩賦を以て我朝の歌とす、されば三國を和らげ來るを以て、大きに和くと書いて大和歌《やまとうた》と讀めり……」こゝから常襲のやうに和歌の效能論となる。住吉明神は周知のやうに和歌の神となつてゐた。「現れ出でし住吉の、住吉の、神の力のあらん程は、よも日本をば從へさせ給はじ、速《すみやか》に浦の波、立ち歸り給へ樂天」この謠は大そう面白い。今日の時勢の中で、我らの癇性を大きに和げ、さらに代辯してくれる如く、他を顧みるやうに愉快になれるからである。日支文化の提携には何が入用か、支那人を知ることだとか、まづ日本文化の樹立だとか、文化の鬪爭だなどいふこのごろの議論のことを私は考へたからである。もつとも蓬萊島思想の日本傳來についての俗史といふ一事にさへ、さういふ大問題が包括されるわけで、むしろかういふ世間民俗の傳流の中にある文化問題の闡明の方が、私には重大有益とも感じられる。さて日本武尊が楊家の女に化身された話などにもさういふ文明源流についての考へ方の一話題があるわけだが、たゞさういふ民話の作者は、概して荒唐無稽の話柄によつて己の鬱結の志を展いてゐたから、もつたいぶつた文明源流の英雄としての己を表情するやうな、ある種の純文藝を描かなかつたのである。現在我々が、かういふ雜な文章を草して、時務を云々する顏付をするやうなことは問題の他である。

元和二年林道春は富士山下を過ぎて、

一山高出㆓衆峯巓㆒、炎裏雪冰雲上烟
太古若同㆓仁者樂㆒、蓬萊何必覓㆓神仙㆒

といふ詩を作つた。これは「丙辰紀行」中の作である。「丙辰紀行」は東海道の宿と名所をあげて、その史實を考證した假名文に詩を交へた紀行である。富士山に於ても本朝の詩歌と傳説をのべ、さらに異朝に及んで、その詩篇を紹介してゐる。その中で徐福の止つたところは富士山であるといふ「義楚六帖」の話もかいた。「義楚六帖」の説といふのを見れば、東北千餘里に一山があつて富士山と云ふ、亦蓬萊とも名づけてゐるといふ意味があり、徐福はこゝに止つて、「謂蓬萊」とある。しかし徐福の墓の熊野新宮にあることは、私も參詣して見聞した。この秦人の墓が富士山にある話は私はこの名山に未だのぼらぬ故にきかない。絶海が入明して明太祖にまみえたとき、太祖は徐福のことを尋ねた。絶海はこのとき絶句を賦して、その墓が熊野にあることを云つてゐる。さて徐福の墓がいつから新宮にあるものかは知らない。羅山文集には、南禪寺の僧の説として、日本で蓬萊を指す處が三所あつて、一つは富士、一つは熊野、一つは尾州熱田と云つてゐる。尾州熱田とその他の土地との傳説の新古も今私にはわからない。

不二の高ね、福慈岳《ふじのたけ》、時しらぬ山、消せぬ雲根《ね》、二つなきみね、老せぬ山、よもぎふ山、などの異稱にも、一つの系統に續いて蓬萊にくるものが思へるであらう。例の竹取物語の不二山は、長く一つの傳説となつて、六月山上に女人のあらはれる話とも結ばれるものでなからうか、音樂がきこえるなどの話も起つた。秦徐福が蓬萊山に入つたといふ孝靈五年に初めて富士山が出來たといふ説もある。「皇代記」や「和漢三才圖會」の説である。三才圖會には近江の山をもつて富士山を作り、その時簣《もつこ》よりおちた土で三上山が出來たと傳へてゐる。かういふ故事から古來富士山に登山するものは百日の潔齋をしたが、近江の人は七日でよいのだといふやうな俗説もあつた。孝安天皇九十二年六月涌出などいふ「富士緣起」の説もある。この説も亦道春の紹介である。しかしこれらと別系統の傳説で、都良香が「富士山記」にかいた貞觀十七年十一月五日の白衣の美女二人が山嶺で雙舞して、山上を去ること一尺餘といふ記事は「帝王編年記」の清和の項に誌されてゐて、めでたい話である。「三代實録」の清和天皇の紀に、貞觀二年五月五日甲寅、駿河國の富士山上に五色の雲が見えたといふ記事を原典とする系統のものだらう。さてこの美女出現の説と、富士山涌出説と及び潔齋についての俗習も、足利末期ごろからちやんと一つの體系に理論づけられて、合理的に又論理主義的に組織されたものである。

「志峯録」の中で道春は不二山を讃へて、「徐福曾成㆓物外遊㆒」と云つてゐる。これは修辭的意味である。不二山が孝安天皇ないし孝靈天皇の朝に涌出したといふ説については、萬葉集の歌にも天地の分れし時ゆとある例などをひいて、江戸時代の學者によつてその虚妄が論爭されたのである。文學に於ける「修辭的意味」と「俗説」のけぢめは、現實の問題としてはさう單純明確でないといふことを、私はかういふあざやかな古の事實から一寸考へたい。舊來のことは笑殺して樂しめる、我々の問題は今日のことである。のみならず文學では、主として非詩人にして詩に近いものが、俗説に燃燒させて發散する鬱結を代々もちつづけたのである。あらゆる現在に於て、詩より詩人の方が鮮明であらうけれど、詩の原始は詩人のない日にもあつたのである。ある話題的な俗説と修辭によつてなるダンデイズムは、詩人にして詩に遠い存在をつくりあげる。近代ではダンデイズムでなく、商業とその利潤が詩に遠い詩人を作つてゐるのである。さて、古來富士山を歌つた詩歌は、本邦人、唐人、朝鮮人、琉球人の詩歌を合して、萬葉集の赤人を以て古今の絶唱とするだらう。それは日本詩歌の最高品の一つと私には思へるのである。しかし古代は別として近古に於て私は一の傑作のあることを最近知つた。これはむしろ悲壯の詩である。宗良親王が駿河浮島原より、甲州に轉戰しつゝ信州に廻られた何日かの征旅の終りに詠じられた旅の歌に、

北になし南になして今日いくひ不二の麓をめぐりきぬらむ

「吉野朝柱石宗良親王」はこの歌を興國六年御年三十四歳の御作と推定し、「富嶽を仰ぎつゝ漂泊の戎旅を續けられる御有樣、一首に壓縮されて申分ない。實景觀る如く、調子も張り切つてゐて、御名吟と拜せられる。」と註してゐる。情勢を味へば、このおほらかな歌ひぶりこそ、又尊く私には拜せられるのである。さて蓬萊の說などと、あまりにも太平の舞文を試みつゝ、この年來尊崇する親王の御歌一首を引いたことは、悲憤慷慨の詩を、詩の表現のいのちと考へる所以のものを、たま〳〵我らの國の光輝とする親王によつて表徵したいからであつた。富士山の民俗のことを述べて、「ばせをは佳句の得がたきを嘆じ、應擧は富士を見ざるをはづ、觀て句なきと、見ずして畫せざるとうらみそれいづれか深き、共に道に心を用る人といふべし」と云つた實に日常坐臥の一切に於て文學的だつた馬琴の感想が、その人となりにふれるゆゑに心ひかれるのである。

蓬萊山の原話は、史記や列子に出るものである。蓬萊山は仙人の住む所で不老不死の果實が稔るといふことが、第一の話である。蓬萊飾りは、さういふ因緣で出來たものであらう。その飾り物は所と時とによつて異つてゐるが大たいめでたい山海のものだつた。又飾

り方もちがふし、關西では專ら床の飾りとし、江戸では來客があれば食膳のさかなにまづ供したらしい。故實によれば正月にかざるわけでもないさうである。たゞ三方にのせてめでたい山海のものをとり集めたところは、「蓬萊や疊の上に海とやま　可友」。關西では蓬萊を寶來とかいたやうだ。喰積といふのも蓬萊のことらしい、嵐雪の句に「ぼつ〳〵と喰積あらす夫婦かな」。この蓬萊は朝廷や武家の取初の祝と同じものと云ふ。蓬萊は民間の行事であるといふより、民間でつけた名稱であつた。

蓬萊山や蓬萊飾りのことから、日本の民間で流行した蓬萊島傳說のことを云ふことは私の手に負へないが、民間にあつた日本の中華意識の如きものの變形を一寸考へたかつたのである。異國の名寶や靈寶寶器ないし傳說の地や俚說の大人物が、どういふ形で日本へ傳つたかといふ科學的考證は學者の領域である。我々の若干學問らしいことに關心をもつ點は、さういふ學者の領域でなくして日本のものとしていい氣になつて了つた民衆の意識の歷史性である。現にさういふ形で、私は純文學の硏究でなくして、ずつと下等な大衆文學の考證をしたいのである。のみならず今日のやうに科學的考證や史料の正否を云々するやうな下品な大衆文學論でなく、もつとちがふ民衆の關心である。私が關心することはつまりどういふ形で楊妃を日本人の血すぢとしたかといふやうな話や、成吉思汗を義經とした話であり、その場合楊貴妃と義經の話題の間にどういふひらきがあるかといふやうなことに興味がある。

謠曲の「楊貴妃」では蓬萊山が主題の場所である。その終りの方に方士が楊貴妃にあつた證に玉の釵を得るところが、釵では世に類多いものゆゑ、こゝ仙界にまでたづねてきたしるしに人の知らぬ帝との密語を傳へられよと乞うて、七夕の夜の誓の語をきいて歸る。ところがこの話が進歩して、玄宗は初めは喜んで方士の話をきいたが、思ひ廻らして、方士は以前に妃と密通したものでなからうかと疑つて、その男を殺したといふ解釋が、德川時代に出來上つた。これは方士が釵を得たまでは念入りでよいが、密語となつては念を入れすぎた失敗だといふのである。たゞこれだけでは一の俗解である。しかしこの解釋を松平信綱が感心したといふこじつけを荷つて誌されてゐると、批評的な精彩を帶びる。信綱は念入りの名人だつたからである。要人については一言一句の批評さへ許さず、事實報道さへ許されなかつた時代の批評は、賞讚が深刻な罵倒だつたからである。今日のやうな言論自由な日にたうてい考へ及ばぬことである。今日は明白に公表されたことが反つて譃のやうに思はれる時代である。これは爲政者の倫理的責任であらう。爲政者といふものは、一言でも倫理的非難にあへば、卽ち身を退くものである。この明法を維持するためには、嚴肅な言論壓迫を敢行するか、ないしは嚴格に進退に禮節を保つて退くみちを知るかの二道を選ぶべきである。封建の世の要人はさういふ嚴肅を大たい日常不斷の修身に考へてゐたし、又考へねばならぬ日常を生活してゐたのである。

さて「熱田神宮講式」和讚の中に、「喜見城に不異」とあつたことは既述の通りである。そこで私は近代人の科學的因果主義から、喜見城が何か蓬萊島と因緣なからうかと一寸考へてみた。(もつとも和讚では喜見城と區別してゐる、私にはこの和讚の作年代がわからぬのである。喜見城と蓬萊を一緒にしたのは新しいもののやうに思へるからである）云ふまでもないことだが、これは見當ちがひなことかもしれぬ。私の今考へねばならぬことはさういふみちとちがふ考へ方のみちから入らねばならぬし、このことが今日の國策文化の中で發言する私の自信でもある。我國で喜見城の現れる名所は桑名、魚津、嚴島の三所が有名である。「重修本草綱目啓蒙」は蜃の説を排斥して、けだし蓬萊島と云ふのは喜見城の類で海氣のなすところゆゑ、海邊なればどこにでもあらはれると云ふ。喜見城は、海市、蜃樓と云ひ、佛書では乾闥婆城、又濱遊び或は龍王遊びと云ふのは海龍王が濱へ出て遊ぶからとある、海上にあらはれるものを海市と云ひ、山上に現れるものは山市と云つた。桑名やまた越中でもきつねの森と云ひ、津輕ではきつねだちと云つてゐる。桑名では貝のんきといふなつかしい名もある。古來嚴島は喜見城の名所で、山上にあらはれることが多いが、山上から海邊につづくことがあつた。そこで嚴島も蓬萊島の一つの傳説地となつたわけだつたが、これは無理な因果關係である。恐らく喜見城を蓬萊と結びつけるよりも、もつと單純な空想を生きた民衆の説話が、日本のあちこちに蓬萊山を作つたものであらう。ある初めに文墨の士のつけた雅名であつたものが、やがて實在となり、ついでその空想的實在を現實的實在にまで科學主義的に論證せねばならぬこととなる、こゝで嚴島が有力の地となるわけで、嚴島には海市が立つからだつた。しかし嚴島が蓬萊であるといふやうに、蜃氣樓のことから考へたやうな科學主義は、私には民衆の文學的生活とかけはなれすぎるやうに考へられる。

この蜃樓は、蜃といふ龍の族の氣と云ふ。本草には日本になしとはつきり云はれてゐる。雉や雀が海に入つて大蛤と化し蜃となるといふのは蜃樓の蜃ではないと云ふ。蛤が蜃氣樓を吐いてゐる繪は、佛説をきいて昇天した蛤が、天上で宮殿を見るさまを描いたものと云ふ話が金藏經にある。桑名が蛤の產地ゆゑ蜃樓の噂を得たらしいことは、菰野侯の儒臣となつた南川維遷が、桑名に蜃氣樓のあつたことをきかないと述べてゐることから判斷されるのである。桑名と蜃樓を結びつけるのも、桑名の蛤から起つたある時代の科學主義の結果だつたのである。しかし嚴島に蜃樓ありと誌した橘南谿は、桑名の蜃氣樓が三十年五十年にあらはれる由きいたと云つてゐる。さらに橘氏は「東遊記」で魚津をあげてゐる。橘氏の見聞によれば糸魚川の海上に山のあらはれたのを人にきいた、土民はこれを鹽山と云つた。寛政元年十二月晦日には伊豫嘉島浦に現れ、しかも夜であつた。土地の有識の者が、蓬萊島とはこれであらうと教へ、土民は山の傍に大龜のゐるのを見た。なほ菰野の藩儒南川氏は桑名を否定し長門に時々あらはると云つてゐる。これらはみな聞がきのゆゑである。一等はつきりしてゐるのは魚津である。未だ尾州熱田と蜃氣樓の關係は知らない。けだし蜃氣樓は蓬萊山であるとの俗説があり、さういふこともかこつけられるからである。しかし蜃氣樓と蓬萊山が結びついたのは、ずつと近い世であらう。そもそも文學的な修飾であり、一種の諷詠的ないし風流的な漢詩人のしやれた表現であつたものが、實在と科學性を賦與されて蜃氣樓にまで顚落したものであらうか。蜃樓と蓬萊島は全然別途を歩んできて一つに結合されたのである。つまり蓬萊がどこかといふことが問題であるよりも、蜃氣樓といつたものを手がかりにして蓬萊を考へたといふリアリズムの發生の方に問題がある。それは時代の意識をあらはす事實であるが、今の私はさういふかこつけの發生についてはまだつまびらかに知らないのである。文化の問題を意識として考へることはことを明らかにする一つのみちである。これは徳川中期のインテリゲンツの所産であらう。しかしどういふ文學的ダンディズムが熱田を蓬萊としたかといふことについては、今私には斷案はない。そのきつかけは恐らく恣意であるからだ。

私はこの「文藝と民衆」を語るエッセイで、殊に卑近にして通俗のものを下手ものじみて語るのは、そのことによつて私の批評の限度を遂行したいからである。私は崇高な哲學や人生觀や人間學のひきうつしによつて己の文學論の耐久力に實驗を試みることを思はない、私はさういふ上手な處生的議論方法のもつてゐる僞瞞を憎む者である。さうして私は實に單純な構造で以て、今日流行する知性主義とか科學主義を、文學上で批判し非難するにすぎない。我々は最も文學的なものを民衆生活にふれて、又卽して分析し、文學的に語る方法を近來見失つたのである。

さて閑話はやめて、蓬萊山のことを蜃氣樓に結びつけたはつきりした一例がさきに云つた「嚴島圖會」にいふ蓬萊巖である。この蓬萊巖は、巖上に古松數本あり、世に描く蓬萊島に似てゐるといふのみでなく、ここに又別に蓬萊と稱するものがあつて、それは三四月の風靜かに波穩かな時に出現する「その粧ひ金銀瑠璃を以て砂とし、其上松柏生茂り、或は宮殿樓閣の象ありて、其莊嚴たぐへん物なし、光明海上に彩きわたりて次第に消滅す」。

これはさすがに私の知つた唯一の文學的記述であるが、次に「いまも往々是を見る人あり、多くは丑日に現ずと云ふ、その由緣を知らず」と云つてゐる。

蓬萊島も道春から「嚴島圖會」までくればさすがに下落してくる。私は一寸蓬萊島と喜見城を關係づけたい誘惑を感じて、さういふ舊說の若干を知つたからそれらの成立ちをこゝへかいてみた。かういふ誘惑心の發生はつまらない近代的考へ方である。民衆の文學的生活に對する科學主義の愚劣さの一例である。尤もこれらの解釋は蓬萊島そのものの傳說が生んだ空想より決して豐富なものでない、かういふところに働くインテリゲンツや知性といふものは、民衆生活と大體混りあひにくいものであることは、前說の方の傳說やそのこじつけ方と比較すればよい、「解釋」はつまらないといふことは、たゞことばとして最近教へられたことでない、人間はさういふ生活をしてきた、少くとも我鄉國でしてきたのである。民衆のもつてゐる空想生活をどういふ形でインテリゲンツと結びつけるかは、文學の唯一の問題である。我々は近代つねに失敗した。

蜃は龍の一種で日本にないといふ本草の說はさきにかいたが、この蜃の殼中に生ずる眞珠の一つが日本に入つてき、これは遠方を照らす用をなし軍用となつたといふ俗說も江戶中期以前にあつた。この蜃珠の傳流してくるみちはそのころではもう南蠻であつた。天草の亂に、森宗意が、やはりこの珠を所持して、幕軍の用兵配陣をあらかじめ知つたため、しば〳〵軍略に勝つたといふ話が巷間で語られたのである。かういふ記述がたとへ一人の戲作者の恣意の所產にすぎないものでもよいのである。社會意識からレトリツクを考へるときは、戯作者は最も當代の民衆のよろこぶものと希望するものの消息に通じてゐたといふべきである。いふならば民衆にとつては蓬萊山の論證などどうでもよかつたのである。その實在を論證するものが、幽靈のために尾花の實在をせい〲議論したまでであらう。生々として不老不死の蓬萊は民間に存在したし、インテリゲンツは、さういふ民間の希望に降服して、一人角力に、つまらぬ科學的辯證をつとめねばならなかつたのである。民衆や國民の希望や空想を表現した荒唐無稽の話題に對し、一の論證を與へるのはインテリゲンツの進歩である。その進歩主義は何かの科學主義的實在を考へる、しかしかういふ進歩主義をはるかに見下し冷視するものがあつてもよからう。文藝や詩人はさういふものである、それは進歩主義と反對に一歩さきの民衆の空想の造型を感覺してゐるものだからである。蓬萊島にしても、それをどこに指定するかといふことと、又その內容を希望することとは問題が異る。近代の醫化學的不老不死にまでさういふ考へ方は成長するが、近代人はもう生々とした蓬萊山のやうなつまらぬものを考へぬと云ふ。しかし不老不死が人間の終局の目的である限り、蓬萊山を海上の海市に結びつけた者は、今でも一つの空想と科學のまだけぢめを別たれぬ美しさをもつと考へられるのである。

百人一首概説

定家が老後に小倉山荘に隱居して、百人の歌を一首づゝ色紙形に書いて、障子におされたのを、百人一首とも、小倉山荘色紙和歌とも云つてゐる。入るべきものの入つてゐないのもあり、入つてゐるものにも作者が特に自作中で重んじてゐたと思へぬ類のものがあつたりして、卿の生存中に廣く行はれたとは思はれないが、後に子息爲家が書きあつめて、作者の名をつけ世にひろめたものと云ふ。しかし其末の人々もなほもてあそばないまゝに久しく埋れてゐたと思へる節が少くない。續後拾遺集に定家の作として、

難波なる身をつくしてもかひぞなきみじかき蘆の一よばかりは

を入れ、新後拾遺集には、建保二年内裏秋十五首歌合に秋鹿を雅經が、

思ひ入る山にてもまた鳴く鹿のなほうき時や秋の夕暮

を入れてゐるのは、初めの歌は元良親王の、

わびぬれば今はた同じ難波なるみをつくしてもあはんとぞ思ふ

なる歌と、伊勢、

なにはかた短き蘆のふしのまもあはで此の世を過してよとや

を本歌とし、その中は皇嘉門院別當の歌

難波江のあしのかりねのひとよゆゑみをつくしてや戀ひわたるべき

に詞も似、又心も似てゐる。作者にかゝる歌のあるはともかくとして當時百人一首の流布あれば、撰者に於てこの一首はとらなかつたと思はれる。また雅經の歌は俊成の山のおくにも鹿ぞなくなるの歌をかすめたものである。定家は他人の歌を犯す人でないと思はれるが、雅經はその點平氣だつたらしく、そのことは順德院が「八雲御抄」の中にも書かせ給うたところである。この二首は共に千載集に出てゐたものであるが、集は廣範であるから兩集の撰者もおぼえ得なかつたことであらう。しかし當時すでに百人一首が流布してゐたなら、恐らく兩集の撰者はこの二首を削つたこと、思はれる。

一方「明月記」をみれば定家が我家の障子におされた色紙形と古よりつたへてきたことはたしかめられないのである。文曆二年五月廿七日嵯峨中院の障子に天智天皇より家隆雅經に及ぶ古來の人の歌一首づゝ色紙にかいた由の誌されてあるのを、古抄の說の謬つたものであらうか。又風雅集の雜四の歌の中に加茂重保の許へ色紙に形と歌を書いて遣はしたとの詞書がある、これらが小倉山荘と混じたものであらうか。しかし色紙に歌人の姿をうつし又和歌をしるして障子にはることは當時流行した風雅のすさびであると思へるから、小倉山荘の色紙の所存もことさらにしるす必要ないていの一事だつたものでもあらうか。右は大體「改觀抄」の中で契冲阿闍梨の申されたことである。

今考へるに定家の名によつて百人一首がある神聖觀を附與されたことはいつごろに始るものであつたか。卽ち牽强附會の說をなして、定家卿新古今集は花過ぎたりとてわが本意をあらはさんため此百首を撰び山莊におされたと云ふ古抄の說は、百端異相をなすが、いづれも事實としては信じ難いといはねばならぬ。しかし我々は日本を支へてきた歷史を考へるとき、過去の俗說をある程度に考慮し、さういふものをある一つの意識の表現として考へる必要がある。さうしてさういふときに俗說間の文明闘爭といふことをも、心づもりの上であらかじめ考慮しておく方がよいと思ふ。

さうした點でも、百人一首の流布したいきさつは、今日の文明の立場で考へるとき、多くのことを敎へ又將來に向つて暗示するものである。中世以降に於ける定家の地位を利用して、流布した文藝の一つは百人一首である。しかし百人一首の流布の經過をあきらかにする點に於ては、我々はなほ久しい努力をはらはねばならぬのである。

私が百人一首のなり立ちや撰作を第二として、まづ普及の經路と時代のあとを明らかにしたいと考へるのは、この百人一首のくみ立ての巧妙さを感じる點からである。それはむしろ後の解釋の巧みさといふべきかもしれぬ、しかしさういふ解釋を可能としたものは撰者の巧みさと云はねばならぬ。その巧みさとは、日本の國がらの歷史と文明の歷史をよく百首の歌と百人の人物によつて示す點にある。その組み立ての巧みさを若干に亙つて述べようとするのが本項の大體の目的である。しかし百人一首は子規以後の文人と學者からことごとに輕んじられたものであるが、さういふことは子規に於てこそ意味があつたとしても、天下の萬民に於て意味をもつわけでない。一部の知識人は、百人一首が我國の家庭にポピユラーなる點を以てそれを輕んじてきたが、そのことによつて我々の國民の失つたものについても私は云はねばならぬのである。

東西のいづこの國を見ても、長い由緒の正しい國がらの國民は自國の古典の家庭版をもつものであつた。しかるに我國の維新以降の文化生活の理想としたものは、自國の傳統文明との絶縁でなければ、極端な高次古典によるインテリゲンツの修飾化しかなかつたのである。さういふ狀態に於ては偉大な古典も國民生活に對して何ごとも及ぼさないとしても止むを得ない。我國の家庭から、古典の家庭版の消滅せんとする、いはゞこの國民文學の危機は、我々が文章を考へた日に既に我々の重大な關心であつた。さういふ日に我々は國民文學といふものを考へ、日本の家庭生活の中に、まさになくならうとする國民的古典の家庭版を廣範圍に求め、それを回想することは、我々の國民生活の英雄と詩人の系譜を明らかにするといふ觀點から、我々が數年續けてきた仕事であつた。私は昨今の時勢の下に於て、外から加はる力によつて危く思はれる自己の職業を補强する如き思惑から國民文學を考へる徒に雷動するのでなく、私らは一定の體系の下に國民文學の事實の方を整理する文學史を考へてきたのであつた。

さうして私は三國志や水滸傳あたりの糸をひく家庭版や、義經記式の物語を考へると共に、非常な喜びをもつて、僅かに家庭に殘されてゐる百人一首を發見したのである。古い何代か以前の家庭の母たちの嫁入文庫の中に奈良繪本などを見出すのはもう遠い昔で、今はさうした文庫はすべてなくなり、たゞ一つ殘された古風で花やかな粧ひをした古典が、わが國の漆器の箱にをさめられた繪入百人一首かるたであることは、なほ今日でも古風の家の大體の風習であらうし、我々の年配の者の身におぼえてゐるところである。

しかもかういふ形で殘つてゐる古典の家庭版が、ある正しい原初の純粹の形式から變形させられず、しかもそこには唯美のわが宮廷の歷史と體系がめづらしく巧みに描かれてゐることも、まことにありがたい。我々の家庭のもつ唯一の詞華集であるものは、古王朝の美觀の歷史を體系づけた字數にすれば三千百字あまりの詩集である。我々の家庭に傳つた國民文學が、漸時滅びつゝあるころに殘つてゐた唯一のものは、この集であつた。さうして私は百人一首のもつ奇妙の力を多方面から考へることに、批評家の努めを感じたところの近來唯一人の文學者であつた。さらに百人一首の美的價値を認識する僅少の詩人の中の一人である。

百人一首がさうした形で殘つたといふことは、日本の美觀の運命を暗示するものが多い。漆器入りの歌留多として殘つてゐるものが、もはや一つのゲーム用品視されてゐるとしてもそれは何ともない。古典の復興保存を云ふ人たちも、日本古典の英譯などにかゝはるまへに、嫁入文庫の高價な美本を古典の情緒文藝であむやうにした方がよい、私はそんなことを考へるのである。今日ではすでに古色を帶びて了つた自稱の萬葉絕對論者は、必ずしもわが國風を一貫しつゝ、宮廷の盛衰によつて變貌した詩情に卽身して萬葉集にイデアを眺めたものでなかつたのである。彼らは國柄の美を歷史に考へることによつて、上代の美觀が中世以降にうけた運命から、詩人の志を處生に於て理解したのでもない。彼らは萬葉集の原因となつた天武朝前後の大倭宮廷の詩人たちの慟哭と慷慨のよるところさへ解さず、さういふ悲歌の成立を先とする代りに、寫生とか現實主義とか情熱至上といつた舶來美學の様相を、如何にして古典に見出すかを重しとしたのである。從つて彼らには前代の人麻呂風の慷慨歌の註釋者としての憶良の實體さへ理解されなかつたし、家持の偉大さはわからなかつたのである。あの一時に立つて悲歌をうたひ、慷慨の代りに慟哭した天武朝前後の大倭宮廷の詩人たちの精神は、つねに新しい我々の問題である。萬葉集の中軸はどのやうな題材や生活でもなく、この慟哭の發生した精神の美學と、家持を中心にした文學の成立の間にある。幕末の志士歌人の萬葉調といふのは、宮廷の至尊調の悲歌述志から發した詩歌の、嚴肅なレトリツクだつたのだ。それらは精神を忘れた近代萬葉調派のやうな語呂合せ主義でなかつた筈だ。近代の人々はみな、萬葉人の歌つたやうな、幕末志士の歌つたやうな、第一義のものへの心情を歌つてゐない、これは藝術至上主義から云つても駄目だとしか云ひやうがないのである。

さういふ近代の歌風では、つひに中世の後鳥羽院の御意味を萬葉集以來の文藝史の中に於て正しく解し奉ることも難しとせねばならぬのではないか。中世以後君と臣との心が通じ合ふところで、至尊の神祇述志と民の祈誓悲願が、合して復古をなすとき、この長い期間約束されてゐた歌の心は、明治天皇御集に大成したのであるが、それらの人々はこのありがたい御集に何を心讀したものであつたか、たゞすぐれた文藝としての御集を拜し、しかもこの御集のなり立つたことに、國の詩人としての時めくよろこびを歴史として感じ得ぬ人々は、わが國の文藝をよむ上で重大な不幸を知らずしてもつ人々である。

百人一首はわが王朝の美觀を文藝の歴史に形づくつたものであるが、そこには一貫した思想と意欲と結果としての志も示されてゐるのである。このことはあとでいくらか詳しくのべたいと思ふが、たゞかういふものの流布にたづさはつた人々を想像し、その普及のあとを考へることは、私の如き考へ方で文學を思ふものにとつては重大であるといふこと、しかも近來のわが國文學界に於てはさういふ關心が何人によつても示されなかつたといふことを、我々より若い人々のために云つておくことは必要であると思ふ。我々がわが國に於ける文藝と民衆の關係の究明から、宮廷と國民をみいだしたといふことは、近代の學問のまだ全然手をつけてゐないところである。この方法は古い原始社會研究によつてうちたてられた、十九世紀イデオロギーによる方法とは全く異つてゐることだからである。しかし既に云つたやうに、百人一首の流布に關する事情を明らめ、その流行にたづさはつた人々やその志を知る點では、今後に私も考へようが、又さういふ問題は、若い人々にも考へてほしいことである。學問の仕方は古い人々の場合はなか〳〵に奇想をもち難いのである。又一定の大學である教授の下でなされる研究は、着想と發想が先生の領域の中にとどまつて、淺薄に固定化する缺點がある。今日必要なことは思ひもよらない入口から學問に入るやうな人々の出ることである。さうして學問の志はまだ毛頭も衰へてゐるわけでなく、今日の時代に對する最高の政道批判は皇國のみちに關する深い學問のみのよくするところである。東洋の諸國の學問と云ひ學者の志といふものは、大義名分を歴史の中から辯證して、以て草莽の民の志を樹立することであつた、我々は今日さういふ深い學問をもつ文人をもたないだけで、未だ學問の意義は消滅したのではない。むしろ今こそさういふ意味の深くされねばならぬ日である。しかも古の皇國の學問の徒は、王朝の相聞歌や源氏の如き物語を論じつゝ、毅然とした丈夫の志を描いてゐるのである。人生の小説に、女性の心理さへ巧妙に解しつゝ、天下國家の事を批判したものであつた。

さて百人一首の流布の事情をあきらかにすると共に、家庭にあつた狀態をもまづあきらかにすべきである。しかし後者の方は今の狀態を云ふだけでも、それはそれとして意味がある。かういふ古典を、實にすなほな形で家庭のものとしてゐることも、今になつてありがたい事である。その相聞の歌は、多く戀愛の技巧や愛情の化粧法の變遷さへ教へてゐるのである。さういふものさへ我國の家庭ではすなほなものとして入つてゐた。それらはみなまめやかな心持を歌つた點で共通してゐたからである。しかもこれらの名歌に描かれた戀愛心理の描寫は、わが中期王朝時代の人間の心理や暮し方や美學といつたもの、歴史的變遷さへ示すに足る巧みさでくみ合せられてゐるのである。のみならずあるひは人生の事にふれての終末に於ける感慨となるにふさはしいやうな作も少くなく、又何かの時の折りにふれて、我らの浪曼的生活への回想のやるせなさをかき立てる類の名歌や、それを口ずさむときその日のくらしのもの、あはれに共感する類の名歌も少くないが、とりわけて全體として一つの歴史と世の移りを示す點に於て意味が多い。このことは例へば百首の中より相聞の戀歌のみを拔き出し、それを玩味するなら、さきにも云つたやうにわが上代の女性の愛情心理とその化粧の方法を歴史的に理解する上に於て、殆どのやうな書物よりも巧みに編輯されてゐることを知るであらう。これは各首に於て味ひ、同時に全體に於て眺めるべき作品集である。

かういふ書物が、我國の家庭の中に、自然ですなほな形で子女と親たちのものとしてあつたことは、日本の文化と文明を考へる上でも暗示の多いものである。私は百人一首が最後にのこつたわが古典の、國民文學としての家庭版であつたことを尊び、この集がいくらか女性的であることはともかくとして、又それには理由のあつたことをひとり肯んずるものがある。

だから私はこの百人一首の我國の家に於けるあり方がそのまゝで文藝のあり方として上々であると思つてゐる。これらの名歌を中心にして優雅な遊びをする風は、わが國の春の初めの家庭のくらしとして好ましい。しかし今日では歌つくりと稱する人々でさへ、百人一首の鑑賞ができない位になり、解をなすことは大半困難らしいと思へることは、何とも奇妙な世間である。

この百人一首のあり方と內容とは二つの問題のやうだが勿論相聯關したものである。しかも百人一首のもつ國風への意味とその流布の事情を知ることは、さらに別な興味をひくが、勿論前例と相去る問題ではなく、やはり關係することが多い。このうちであり方と內容と意味はかなり手輕にでも述べうるが、流布の事情については、それが一番意義と興味にとむことだが簡單に云へないのである。國や人、氣持や思想、愛情や美觀、さういつたものを歴史として描いてゐる點で、この百人一首は好箇の秀れたテキストであるといふことは、私がくりかへしのべたことである。

この百人一首には勿論名歌も多いし、又どの一首と云つても、とつて人生の思ひ出を回想するよすがの口ずさみに適したやうなものである。又この集によつて人口に膾炙したやうな名歌や史上の人物も少くない。しかしさういふ個々のことを云ふことは、今は不可能であるから、私はたゞこの集の全體の意味をあきらかにして、わが日本の和歌をよむ心持を云ひ、いくらかの人の注目をひきうれば幸ひと思ふ。しかし私は自分の批評と文學を百人一首の註釋によつてあらはさうと考へてきたやうな、現代の文壇にあつて、文壇と若干ちがふ情熱をもつ文士であるといふことはもう一度云つておかうと思ふ。私が全體の意味として、こゝで云はうとすることは、全百首の註釋の完了ののちの結語となるものである。だから註釋の方をすべて除外してたゞ結論だけを云ふやうなことは、いくらかものに對する禮儀に於て心苦しいところもある。しかも私は今までにさういふ心苦しさを數多くあへてしてきたものであつた。

私は百人一首の古註の多くは知らないが、契冲阿闍梨の撰した「百人一首改觀抄」をよんで、初めてわが國の歌の心と志の何であつたかを、一つの歴史として知つたのである。しかも私が特にこの書を人にすゝめるのは、百人一首が家庭の古典であるといふ意味と、「百人一首改觀抄」が袖珍本になしうると思ふからである。

阿闍梨が改観抄を撰するに當つて、專ら萬葉集の古言を基として、古來の家傳先哲の諸說の紛々たるを斷じ去つたさまは、まさに快刀をふるふ如く、この書一度出で、舊說は用ひられなくなつたと云はれてゐる。同書の跋によつても長流翁の遺志をついで百人一首の註をなし臆說を正す意圖であつたと察せられる。かくの如く本書は毫も臆見を交へてゐない點で劃期の著述であるが、同時に阿闍梨の志と共に批評と詩心を合せ描き出した點でありがたい本である。

我國の歌心の變化は、崇神天皇、垂仁天皇の頃を第一期とすべきである。是はかつて同殿共床であらせられた神皇の分離遊ばされた頃であり、又我國の初めての大陸經營の行はれた時代である。さういふ時代に詩歌はどんな運命を味はつたかといふ事は、その前代の詩文の傳承は勿論求め難いが、我々はさうした日の運命に對する詩心を陳べられた悲歌の藝術品として、景行天皇の御代の日本武尊の御事蹟とその詩歌を考へうるのである。日本武尊の詩歌として傳はるものから、果してそれらの詩歌の作者としての日本武尊と申す、神典期最後の日を悲劇化された年若い英雄が、實在にいましたか否かを疑ふ如き關心のはるかな高所に於て、我々は日本武尊の御名で傳へられた一時代の悲歌とその物語を味つたのである。もし文學を神と人とのけぢめの明らかになる日から考へるなら、わが文學史の第一期は聖德太子に始るまへに、この日本武尊から始められねばならぬとは私は考へるところである。

第二の時期には天智天皇天武天皇の遊ばされた變革期に於けるかの最後の慟哭が記錄さ

れてゐる。この時代に於てわが大陸政策は一進一退の間をつひに後退したのである。國内問題は意外に深刻であつた。時代の變化を云ふ如き一つの事實は、天武天皇が舍人といふものにもたれた御思想である。しかもこの時代の歌は、やはり先行がかくれてたゞ最後のもの、慟哭が記錄されてゐるのである。わが宮廷と國家の整備に當つて最も意味ふかゝつた時代の大倭宮廷詩人が、何故に一せいにあの悲歌と慟哭をうたひあげたのであつたか。さういふ形でものを疑つても、この疑ひは早急なことあげのための修辭としてはならぬのである。しかし聖德太子以後の國內文化設備の一面で、固有文明の運命は完全に無視されなかつた。このことは國內の相剋の底流となつて、平安朝初期までつゞくのである。藝文上に於ける平城天皇の御事蹟は一そう考へる必要があつたわけである。さうして天武天皇の統一事業の怒濤の影で固有のものは翼をはつて、十分に臣の慟哭と悲歌に國の精神を守つた。萬葉集廿卷の思想は、固有文明の感覺にリードされたものである。これは何よりも家持の藝術と精神の分析によつて明らかになつたのである。それは新來文明を片方ににらみつゝ編輯せられたものであつた。

この時代以後は文書と記錄がやゝ完備したから、天武朝から天平の大御世へ移るみちはしるされたものによつて理解される。さうして萬葉集時代の大半をなす奈良の都時代から、古今集の出現にかけてのころに、私は第三期をおかない。第三期といふべきものは、後鳥羽院が新古今集と新古今集遠島御抄を敕撰遊ばされた時をさゝねばならぬ。阿闍梨もこの院のゝち我が國の和歌は一變したと申してゐる。

しかもわが宮廷の花やかであつた時代の歴史は、後鳥羽院に於て一つの形を結んだのである。この後の日本の詩人の志とその詩心の美のあらはし方は、非常に變化したのであつた。いはゆる至尊の神祇歌を中心に、一貫するしきしまのみちに示された大御心の御自信は、世のつねならぬ毅々しいものであつた。それらは萬葉集にも古今集にもみないやうな、ある悲痛の狀態に於ける國の丈夫の雄心の神ながらの表現を教へ給ふものである。かうした至尊の御自信の表現は、武門壓制下に呻吟した國民のヒユマニズムを照された唯一の文藝であつたし、世を逃れて隱遁した文士たちも亦、古代の宮廷の花やかさを文藝の圖として描きつゝ、みかどの示された述志に應じて、ある國ぶりの悲願と回想の哀愁に生きたのである。

この中世以後の宮廷の詩心としてあらはれたもの、我々の遠い文章と詩の先祖たちが民として、各々の文人の志とし志士の悲願としたものは、王制復古の明治天皇御集でピリオドをうたれたものでなからうか。このめでたい御集に於て我々は後鳥羽院以後の宮廷の詩心の、復古の開花を拜したゆゑに、明治の全體を表現する大歌集と申すのである。しかしこの御集の御精神を史的にとらへ、長い世々を回想して御集のありがたさを深く解することは、單なる萬葉派の歌人には不可能である。何となれば彼らの感じ方は、抽象の美學を萬葉集時代の觀念と古語によつて組織したものにすぎないからである。私は明治天皇御集を拜誦するとき、後鳥羽院に始り宮廷を一貫する詩心を思つて、天皇の文藝に秀れさせ給ふことへの感動に加へて、それ以上にまことの皇國の文藝が悲願と傳へたいのちの今や花開きみのつたありがたさを切に明らかに味ひ、それこそ古人と共にしたいやうな涙ぐましいよろこびに耐へないのである。

百人一首は周知の如く天智天皇持統天皇の御製に始り、最後は後鳥羽院順德院の御製で終つてゐる。これによつてこの集の撰者がどういふ時代を描き出さうとしたかはあきらかである。しかも作者の配置や歌のとりあはせにも、その視野の大きさと志の高さを示して、よくみれば言語道斷の巧みがあり、時代の風をうつした點もあなどり難い。天智天皇持統天皇を卷初におくのは、當時が卽ち我が王朝の新な形をとゝのへられた日であり、後鳥羽院、順德院の時代は、さうしてつゞいた宮廷の唯美精神が表面的には衰へ、文藝は地下の流に身をかくし隱遁者の志に入つた時である。しかも百人一首をみれば、わが古王朝の唯美精神の傳統と共に、先蹤となつた隱遁詩人の傳統をも描き出してゐるのである。これは必ずしも一つの趣味や美學と云ふに非ず、さういふことばで云へばきはめて心ざしの高い歴史觀をふまへたものと云はねばならぬ。

しかし第一首めの天智天皇の御製にしても、今の人が普通に考へるやうな簡單なものとして、古人は考へなかつた。

秋の田のかりほのいほのとまをあらみ我衣手は露にぬれつゝ

この我衣手はの我を、天皇のわれとして、民のうへをおぼしめしやりてよませるものとしたのは、古來よりの妄であつた。尤もそれよりさきに天皇が秋の田の借廬に御自らおり立たせられたと思ふ如きは、近江朝の宏謨を解さぬものである。歌がらから云つてもこれは農事にわたる。卽ち阿闍梨の云ふ如くこのわれは、土民のわれであつて、古來よりものに代つて彼の心をよむことは歌に於て少くないが、これもその一であり、天皇が御身をおし下して土民の境涯になり、百姓の辛苦をいたはつてよませ給ふことがありがたいのである。卽ち土民をいたはられた御製であるが、天皇の我衣手のさまをうたはれたと解するはひがごとであり、天皇が土民の身に御自らをなされて親しく民の上をいたはられたと解するなら、この我衣手のわがは土民の心もちになられた上でのおことばであり、か丶るときの天皇のアインヒユールングを推察し奉るなら、まことにかしこききはみである。この御製は國の基なる農にかけて、天皇の民におよぼされた仁心の深さを示す撰者の意向であらうか。卽ち天下人心のをさまれる御世の姿と共に、わが日の本の王道のおほらかにありがたい俤を示さる。この一首を以て王道おとろへさせ給ふ述懷の御製と云ひ、あるひは哀傷の御作とも云ふのは推量のひがことであり、それとすればいづれも不吉のこと丶なり、か丶る不吉のものならば巻首におかれる筈がない。このみかどはよろづ中興の君にましませば、つねに古き世々にも皇朝の大祖として崇敬厚く、近年になつて近江の故都に官幣の大社と祀はれ給ひ、今年十五年十一月七日のよき日に鎭座の御祭を行はせらる由である。思ふには巻首は天下のをさまるためしにもと大御心のほどを拜し奉り、次いで持統天皇の御製をおかれたのは、陰陽の理をふくめらるものかと阿闍梨は註してゐるが、皇統に國の精神を考へる撰者の視野は廣く大きく、文藝のことはたゞちに國の精神と歷史にか丶はりをもたせられるのである。

天智天皇は三十八代の君であり、四十代天武天皇、この中に卅九代のみかどとして、弘文天皇は懷風藻の卷頭作者におはす。弘文天皇の詩が懷風藻卷頭にあることに就て、これを天皇の御卽位を顯彰せんとする撰者の志の現れとする、伴信友の卓拔な見解があるが、こゝに云ふ必要はないと思ふ。持統天皇は天智天皇の第二皇女、母越智姫は大臣蘇我山田石川麻呂女、天皇初め天武皇后、後に在位十年であらせらる。天武天皇十年草壁皇子を皇太子として萬機を攝せしめられたが天武天皇十四年朱鳥元年九月九日天皇崩御、草壁皇子の御卽位なく、皇后臨朝したまふ。同じ十月三日に大津皇子の賜死あり、草壁皇子は持統天皇三年御年廿八で薨じ給うた。天武天皇の八皇子はみな位に卽き給はず、持統天皇のつぎは草壁皇子の御子文武天皇が卽位され四十二代の寶祚をふまれたが、次は天智天皇の皇女が四十三代の皇位につかれた、卽ち元明天皇である。以上のことは、本題よりみて不急の閑話の如くしてしからざるものである。伴信友の如き先代の大學者は、よく文藝にあらはれた志を見て、皇國國體と歷史の眞髓を現す所以をといてゐる。さきに云つた懷風藻の卷首に弘文天皇の御製のあることに注目した如きはその卓拔さの一例である。讀者はすべからく史實の紙背を眺めて、文藝の國體に於ける關係に描かれたものを思ひ、わが國體に於て文人の傳へんとした眞理と共にその方法をよむべきである。しかもかゝる學風は、北條時代の公卿中にもなくもないが、德川將軍の壓制下に於て國學考證學の名の下に精密の成果をつみ上げたものであつたことを、今日の人々は記憶すべきであらう。

私は百人一首の各首についての註釋は試みないと云つたのであるが、既に第一首に於て

かなり立ち入つた言を弄した。持統天皇の、

春すぎて夏きにけらし白妙の衣ほすてふ天のかく山

この歌にも古抄には若干の異解がある。異解のうちでもわけて巧らんだ解釋と考へられるものもある。しかしそれらを私はあへて排斥せずに正解を一方で求めんとするのは、さういふ傳承解釋にある時代の社會意識ないし當時の志の表現の文明樣式を、つねに私は歴史にあらはれた人心の表情ないし文藝の原型として尊ぶからである。このことは特に今日の文學の批評家として考へたい。この持統天皇御製は萬葉集卷一の衣ほしたりを衣ほすてふと改めて新古今集夏卷卷頭に入れたもので、この訂正のほどは如何心得られしものか今は解し難い。こゝでは御作者の對應と共に、題材の對蹠妙を選んだと云はれてゐる。しかしこの歌を古代の生活の寫生歌とすることも他面よりの古代の生活の再現が不可能な限り、なほ冒險である。それがすでに古くから冒險であると思はれたから異説臆説が出たのである。

一般にも作者史實由來を檢討することなくして、古代の名歌を現代に遊離させて鑑賞することは、一つの恣意の鑑賞方法としてあげうることにすぎない。作品を絶對獨立した文藝作品としてながめる美學はその男らしさがよく、あへて不當と云へないが、しかし古代よりの名歌を依然として國民と血統と歴史のそのまゝの中で眺める、ある點で大衆的な慣習方法は、まだ數年以前に於ては、文學者にとつてかなりの冒險を伴つた言論であつた。我々はさういふ時代を了知してゐる。又さういふ時代と闘つてきて、今日の日本的な囘想

の時代を迎へたのである。しかし眞の創造的鑑賞は、この傳承の歴史と現代の恣意を兩脚にふまへた上に始るものである。

百人一首の歌は、一首づゝ考へてまことに興味ふかいが、それらは何かの手ごろの註釋本によつて各人に考へ、そのことによつて後鳥羽院以前の古代の宮廷時代の美の思想を考へるべきである。これを基にして、微に入り細をうがつて、さらに周邊にゆくなら、この集は十分に手ごろで完備した文學史の基本テキストとなるからである。かういふ點に於ても、この百首歌が流布した原因があつたものと思ふ。しかし今日では私の寡聞のためか、世に推賞したい百人一首註釋本を見ない。これは現代の國文學者が、ある先入見と共に彼らの獨善的特權意識から、この百首歌をそれがわが國の一般の家庭に於てポピユラーなために排斥してゐるといふことのあらはれである。しかし古い世の國學者達は、民衆を教化し同時に己の文學者の志を示すために、必ずこの國民に普及した集の註釋をなし、又それによつて一層この集の普及を廣めてゐるのである。さうしてさういふものとして讀むに耐へ、或ひは文學の深い教へをうけるに足るものも少くない。さて彼の先入見とは何であるか、しかもその何であるかを究明して、新な發足をなすことは、今日の國學の任務である。後鳥羽院以前と以後に於ては、宮廷の御樣子も異ること、なられたが、その移り變られた日の烈々の志をいく久しい世々の悲願にまでうつしたものは、當時の宮廷の詩心として示し給うてゐる。

天智天皇持統天皇についでは、人麻呂と赤人が竝ぶ。この人麻呂の歌は彼のものとしては萬葉集に見ぬものである。萬葉集十一に異説の歌としてこの山鳥の尾のしだりをの歌をのせてゐるが、これは作者不詳のものにしてこの歌が人麻呂作となされたのは拾遺集戀三題しらずとして入つた時以降である。拾遺集以前に人麻呂歌集を撰したなら、どの範圍の作までを人麻呂としたものか、その量の廣狹多寡については今は考へやうもないが、傳に定家の撰れたといふ百人一首に、とりわけ萬葉集の人麻呂の歌ないしは同じ集の人麻呂集のものをとらず、未詳の歌を人麻呂作として入れられてゐることはなほ考へるべきである。赤人の作は萬葉集の富士山をよめる歌の短歌であるが、この歌は富士をよむもの、うち古今の絶唱と云ふべしと阿闍梨も評してゐる。人麻呂は悲歌慟哭の歌人であり、赤人はむしろ風流吟遊の詩人である。共に我國文藝の傳統をその發端に於て指示した上代人である。しかし赤人の富士山の歌は、天地の原始よりのべて四時の運行をこの名山に於て敍し、崇高雄大にしかも清純の詩想を自然の中に描き、わが國文學の最高傑作の隨一である。人麻呂生涯の最高作は高市皇子に奉る挽歌であらうが、人柄と文學史的性格を示す典型は近江荒都を過ぎての作であらう。しかし近江荒都感傷の作を、赤人の富士山の堂々の歌に比しては、その優劣は作品の價値よりもむしろ、逑べるものの志の趣味を示すものである。しかも傳統の評價に於て自らにして學ぶ者の多かつたみちの先人赤人よりも、人麻呂を先とした傳統の評價は、何によるものか。尤も人麻呂の作風の中には、後鳥羽院以前の歌風が大むねふくまれてゐるのである。なほ私は赤人の富士山の歌を、わが最高文藝の一原型と考へるものである。

次に猿丸大夫。以上三人は傳未詳の人、就中この猿丸大夫は、大夫といふ相當の官爵ありし人ならんと思へるが姓さへとゞめてない。次に中納言家持。萬葉集よりは人麻呂、赤人、家持この三人の撰はけだし正鵠である。家持の歌は淮南子の故事をかけてゐる。家隆の歌にも、

鵲の渡すやゝいづこ夕霜の雲井に白き峯のかけはし

この橋についてては異說あるけれど、私は家隆の歌の心とした美學をもとゝするのである。家持の歌の心に於てたとへ常の橋なりとしても、すでに數百年に亙つて、家持に始る歌の美學のたどりついたところで、家隆の試みた解釋は今もとつて信じねばならぬ。この批評の考へ方はやはり阿闍梨の暗示した考へ方を私に註したものである。

次は安倍仲麻呂と竝べて喜撰法師。かういふ配置採取が、この集を國民文學とした所以と思へる。喜撰法師は鎌倉の世に長明が「無名抄」でその庵室の跡を語つてゐる。しかもこの法師こそ、隱遁詩人の傳說的先蹤であつた。さてこゝで古今集序に示されてゐる批評家貫之の偉大さを人々は回想する義務がある。赤人風な吟遊と喜撰風な隱遁の合作は日本文藝の中世以後の生理となつたものである。なほ古今集に出る安倍仲麻呂の歌をあげたのも、この集の撰者の手柄である。單なる作歌才能によつて檢討した歌人を目安にした撰者ならば、かかる史上の大いなる人物を選び出さぬであらう。我らの古人は國民の民族的詩心をうつ對象を詩人とする點で間違ひを犯さなかつたのである。この集を選び給ひし人のよき志こそ、まことの國民の詩情をうつし出したのである。仲麻呂によつて奈良朝文化の

一面をうつし、しかも當時の規模の大きい旅情をこの人物の風詠によつて描き出したところ、用意のよさよりも、やはり詩人としてはた又評家としての志の高さを示すものである。歌に巧みだつた萬葉集中の類型歌人をおいて、仲麻呂をうつし出したところなど特によくこのことわりを示してゐる。この作歌は唐土でなされたものである。この仲麻呂も傳を詳かにしない。ついで小野小町、蟬丸、以上のうち、家持を除いては、他は大略傳記はあつても出生未詳の人物であり、或ひは完全な傳説的人物である。

さて百人一首の歌の中には難解のものもあり、それをときほぐすことによつて、始めて撰者の示さうとした選出の志は解され、又わが上代後鳥羽院以前の宮廷に於て、久しい代々をかけて到達し得た如き美的表現も極致も史的に理解され得べく、その進展のすぢみちも了知されるのであるが、こゝにはそれを示すだけの餘裕がない。しかし讀者はどんな歌史をひもどくよりも、この集をくりひらいてよく納得する時の方が、はるかによくわが國風の歴史を了知しうるものであることを豫め知る必要がある。又その理解については、少くとも今の歌や、今の歌論の例證とされるやうな歌をよむことに比して困難を味はねばならぬことを覺悟すべきである。しかしその困難をへて、我々は古の人の完成した美的生活の歴史を知り、すゝんでは我々の生活を豐かにすることであらう。さうしてこの集には今日の最高な美の象徴主義から云つても、十分に名歌といへるやうなものも多いのである。それらの若干のものは今日の我々がたゞ感嘆するのみで、未だ新時代の文明の中で再現できてゐない高い文藝であることを知る必要がある。しかし百人一首は近來の批評から虐待されてゐるゆゑに、その眞價はなほ遠いさきで始めて理解されよう。さうして改めてこの集を家庭からつひに手離さなかつた日本の大衆の、文藝に對する意識せぬ待遇と批判の叡智について、少々巧みに文化や文藝を語り得た知識人といふ人々は驚かねばならぬ時がくる筈である。

一首づゝについての解釋をいふことは、たうてい今はその餘裕もないし、單に一二を批評的に選擇してひくことも、私見から云へば、この集全體の成立と精神を謬りつたへると思ふ怖れがあるからこゝでなさない。多くの人々によつて示される無關心はともかくとして、謬つた獨斷ないしは檢討をへてゐない雷動評價によつて、まだ歌が作られた日の生活とその美學の囘想が行はれてゐないことを、私は殘念に思ふ。萬葉集の難解歌についての解を知る如く、百人一首の解を明らかに知ることは少くとも日本の家庭と母たちをもつものにとつては今日でもなほ義務と云へよう。我らの母の時代では百人一首は、他の家庭の音曲や茶や花といつた生活雰圍氣藝術と共に、家庭の文藝であつた。それらになほ新な囘想を行ふことは、我々の當然の務めである。私はかういふ意味に於ても百人一首の囘顧を年來說いてきたのである。機會があり、又私の知識がそれをなしうるに足る時がくれば、私はこの集について一つの註釋を試みたいと思つてきた。このことも既に口にしたことである。しかも今日では百人一首の內包してゐるやうな文藝が、新しい時代の意志といふものの名によつて虐殺されるかもしれぬ杞憂を思ふのである。これは外相の解釋に災ひされた人々の無智のなすところであるが、かういふことに臨んで私は一そうに、この日本の家

の御製はそのやうな末期の時代のかけまくも畏き至尊の大御心を示すものである。世をお

人もをし人も恨めしあぢきなく世を思ふゆゑにものおもふ身は

この百人一首にあげられた後鳥羽院の、

夫ぶりとは、専ら倫理をきづかれしときに一しほの御輝きをます思ひがある。

たことはすでにのべた如く、御集に我らの拜する大宮ぶりの美しさと、烈々たる述志の丈

卽ち後鳥羽院以後の宮廷の詩心が、明治天皇の復古王制の大歌集なる御集に於て完結され

みちとして、宮廷の詩心は神祇のみち、神祇歌として歌はれてゐるのである。その時代、

までの期間である。この院ののちの宮廷にあつては、至尊の御自信は專らわがしきしまの

日本の姿で建設された日から、その唯美生活が縹渺たる美の象徵をきづきあげて崩壞する

有の宮廷文化の中に大陸の文明が入り、その相剋の日を經驗したのち、宮廷の唯美主義が

百人一首は、天智天皇持統天皇に始り、後鳥羽院と順德院で終つてゐる。これはわが固

傳はり難いのである。

に示されたゆゑに、正しい民族の心情には容易に傳るが、新しく粧はれ學ばれた知識には

く、それらが美といふ形でなほ古代の倫理であつた狀態である。しかもそれが最高の美的

困るところもない。こゝに示されてゐるのは江戶時代に入つて低級化した義理や人情でな

本の女性の己を空しくした愛の思ひであつたかといふことも、けふの日の倫理として何の

の顯揚を考へたいのである。さうして百人一首の中にある女心の愛情が、どんなに高い日

庭の何も云はない母たちの文化に結ばれ、そこで傳へられてきた唯美な民族の本能の叡智

もふゆゑに物おもふと歌はれたところを、巻初に拝した持統天皇の御製、ないしは天智天皇の民をいつくしまれた御製に照すべきであらう。同じ院の御製に、「ものを思へば知らぬ山路に入らねどもうき身にそふは時雨なりけり」これは遠島での御製であるが、同時代の隠遁者の詩心と態度の御決定者であらせられた院が、進んで彼らを目安にし給ひ、しかも彼らの思ひ述べ得ない、雄大な志と信念を倫理として、末世にかけての志をもつ詩人と情を解する志士に示されたものである。

順徳院の、

もゝしきやふるき軒端のしのぶにも猶あまりある昔なりけり

はゆゝしく思はれる云ひ方だが、撰者の志を思ひめぐらせば百人一首の巻をとぢるに痛ましくもふさはしい御製である。卽ちわが宮廷の最後の唯美文化は、猶餘りある昔としてこゝに止められ、この以後は武門民政の下に、烈々の御自信は唯美と竝んで述志を旨とされるに到つた。この一首はこの集の中で巻初の歌に對し、それは又わが美の歴史を心にして歌ひあげられたものであらう。天智天皇の御世より五百五十年古き軒端の忍ぶにもとは、武臣あらたに威を振つて古き王道の衰へしことをかくはたとへさせ給ひしものである。この院には後鳥羽院と共に古代の復興をはかり給ひ、古實に關する御著述もあり、又御製の中にも古を忍び思召すものが多い。「秋の田の御歌は治まれる世の聲にして、百しきの御歌はかなしびて以て思ふ心を顯はせり、詩人歌人の尤歎くべき時なれば黄門の心こゝにあるべし」と契沖阿闍梨はしるしてゐる。この兩院の御製は必ず新敕撰集に入るべきを關東に憚られたわけからか、後鳥羽院、土御門院、順徳院の御製は一首もこの集に入つてゐない。この點で定家は後世の難を蒙つてゐるが、阿闍梨は卿をかばつて、さればそのことを口惜しく思はれしゆゑに、この百首に載せられ、又爲家も父の志をついで此の兩首を續後撰集に撰びとらせたものであらうと云つてゐる。

けだしこの見解と解釋は定家父子の志にあたらなくとも、阿闍梨がわが國學の曙光をなした志の一つのあらはれであらう。しかもそれは同時に百人一首の流布といふ事實の中に藏された國民の長く久しい志の、たま〳〵この阿闍梨に於て文字の上であらはれたものとも思はれるのである。さてこの集は配置對應の妙をつくし以て國史をうつし國の美の流れを描いて、しかも全體の完結に於て一篇の悲史を形成しつゝ、ひそかに烈々の志を藏したものである。近藤芳樹の「源語奥旨」は源氏物語解釋上の多峰の一頂であるが、つく〴〵今の世を見るときは、孔子の春秋を著したおもかげをかすめてその上にある國風の文章を、私も思ふものである。

わが國史を顧みるなら、應神天皇の頃より蘇我氏さかえ、天智天皇の頃より漸時にして藤原氏がこれに代つた。しかも蘇我氏は國史未だ誌されざるころ孝元天皇より出でた家であり、藤原氏は不比等公皇子なりし實證あり、鎌足の時姓を賜つた一族中舊中臣氏の血をひく家は、文武天皇の敕令によつて藤原氏をやめて舊姓に復歸し、藤原を稱したものはみな皇別である。しかも承久の役以降は我國兵馬の權は武臣に歸し、この時より久しく國體と權柄の家との關係は前代にみぬものと一變したのである。しかもこの變革の一面で、文明と藝術は文藝といふ形式のもとに絶對に宮廷の餘香より離れなかつたのである。

國風を思ふものはこの歷史をまづ念頭にすべきである。我萬古に炳乎たる國體は自らにして輝くものであるが、武門の政權を簒した日にも、國がらの理想と精神を映して、國體そのものを精神とした文藝が、日本の民衆の中からつひに消滅しなかつたことを、私は今日口にせねばならぬのである。文藝は武門權柄に追從するを以て能とするものではない。尙武の士の一人として國體を守る獻身にすゝまなかつた時に、國の文士はかぼそい筆を弄して烈々の憂國を敍したことも、史上にためし多いことである。我々が日本の家庭の新春の爐邊にもつ百人一首は、さういふ歷史の前期、卽ちわが宮廷が日本の文化の名實を兼ねての中樞であつた時代を示す點で、まことにふさはしい國民文學的テキストであり、しかもこゝには萬葉集も古事記も描いてゐないところの、ある時代の人心のあらはした志がうつされてゐるのである。これは私のことさらな說ではない、すでに契沖阿闍梨の如き人物が、そのことを強く云つてゐるのである。阿闍梨の如きすぐれた先覺の學者であり、又詩人と批評家の才能に於ても史上の有數であつた人物がかゝる意味でこの集を推重し、又現代に於ては萩原朔太郎の如き新詩以降唯一の大詩人が、この集の美的價値を保證してゐることは、改めてこゝで云つておくことである。

天王寺未來記のこと

元弘二年八月三日、楠兵衞正成住吉に參詣し、神馬三匹獻レ之、翌日天王寺に詣でて、白鞍置いたる馬、白覆輪《しろふくりん》の太刀、鎧一領副へて引き進らす。是は大般若經轉讀の御布施なり。啓白事終つて、宿老の寺僧卷數《くわんじゆ》を捧げて來れり、楠卽ち對面して申しけるは、云々。太平記卷六、正成天王寺の未來記披見の事の章は以上の文章で始る。正成公は同じ年四月三日赤坂を攻め奇計を以て城を回復し、兵を四方に出して近隣の關東勢を追ひ散らし、七月天王寺に陣した宇都宮勢を破つて、其勢漸く强大となり、近隣諸國を風靡し、幕府は狼狽しつゝ手のつけやうない狀態であつた。

寺僧に對面した正成公は、「誠やらん傳へ承れば、上宮太子の當初、百王治天の安危を勘《かんが》へて、日本一州の未來記を書き置かせ給ひて候ふなる、拜見し不レ苦候はゞ、今の時に當り候はん卷ばかり、一見仕り候らはゞや」といふ、宿老の寺僧は「太子守屋の逆臣を討つて、始めて此の寺を建てて、佛法を被レ弘候ひし後、神代より始めて、持統天皇の御宇に至るまでを記されたる書三十卷をば、前代舊事《くじ》本紀とて、卜部宿禰是を相傳して、有識の家を立て候。其外に又一巻の祕書を留められて候、是は持統天皇以來、末世代々の王業、天下治亂を記されて候、是をば輒《たやす》く人の披見する事は候はね共、以二別儀一密に見參に入れ候ふべし」とて、卽ち祕府の銀鑰《ぎんやく》を開いて、金軸の書一巻を取り出した。銀鑰とは銀の錠であらう。

聖德太子の未來記のことについては、すでに奈良朝ごろよりその說が流布し、磯長の御墓より出たとも云ひ、太平記の本文によつて人口に膾炙してゐる。しかしそれが僞作の文書なることはつとにのべられ、今は信ずるものがない。しかるに問題は必ずしも太子御作の點にあるのではない。ともかくさういふ一つの傳說的存在が、どういふ働きを人心に及すものであるか、これは政治上の問題の如くして、又一面では文學の問題である。文學のいのちを形成するものにはさういふ面もふくまれてゐるのである。

正成公悅んで則ち是を披覽するに、不思議の記文一段があつた。其の文に曰く、

當二人王九十五代一、天下一亂而主不レ安、此時東魚來呑二四海一、日沒二西天一三百七十餘箇日、西鳥來食二東魚一、其後海內歸レ一三年、如二獼猴一者掠二天下一三十餘年、大凶象歸二一元一、云々、

正成公は不思議に覺えて能々思案して此の文を考へたが、先帝は人王より始つて九十五代に當り給ふ、天下一亂云々はこの時をさすべし、又東魚云々は逆臣北條の一類、西鳥來云々は關東を滅す人を云ひ、日沒西天とは先帝隱岐に遷され給ふこと、その一年餘りの意味は、來春には此君隱岐より還幸なつて再び帝位につかせられることであらう、とさとつ

た。こゝで先帝とあるのは、太平記の本文に從つたもので、勿論これは先帝でなく當帝とかくべきである。北條のかりに擁立した僞朝を當代として先帝と云つてゐるのである。

「文の心を明らかに勘ふるに、天下の反覆久しからじとたのもしく覺えければ、金作の太刀一振此老僧に與へて、此書をば本の祕府に納めさせけり、後に思ひ合するに、正成が勘へたる所、更に一事も違はず。是誠に大權聖者の末代を鑑みて記し置き給ひしことなれども、文質三統の禮變、少しも違はざりけるは、不思議なりし讖文なり。」と太平記にある。

この未來記の信じ難いことはすでに述べた如く云ふ迄もないことであり、一般も未來記については信じ難しとし、ある者はこれを正成公のはかりごとと考へたものである。しかし正成公の兵をはげまさんとのはかりごととしてもこれはいたつて拙いやうにも思はれた。結局太平記作者の興味をひくための綺語でなからうか、大體さう考へられたのであるが、しからずして實に正成公の計畫であることがわかつた。

そのことについては、伴信友翁が結城家文書の中から發見した北畠親房卿の書翰によつて知られる。結城宗廣の遠孫白河氏に傳へられた文書とは、宗廣を初め一族の南朝の天皇に仕奉り、軍事に關する數通の書翰を、結城家文書と云つてゐる。この北畠卿書翰については、伴翁の考證によつて、確實なものと信じられる。その書翰の全文はこゝに寫すこととする。

北邊爲ニ御方一城々、至レ今者隨分存ニ無二之忠一令ニ堪忍一、神妙々、但以ニ奥方之戮力一爲レ所レ期猶可ニ延引一者可レ及ニ難義一之條、盆可レ被ニ思儲一也、於ニ身上事一者宜レ任ニ天命一之

間、付二善惡一不二驚動一、以二一命一欲レ報二先朝一許也、然而此方及二難義一者、天下靜謐無レ所レ期歟、且新主偏令レ憑二坂東安全一給、親王又御在國、付レ彼付レ此一身荷擔也、爲レ之如何、如二聖德太子御記文一者可レ被レ開二御運一之條、尙今年凶徒滅亡雖レ無レ所レ疑今見二此邊之體一危如二累卵一、短慮令二迷惑一候也、且何樣被レ存乎、奥方吉事重疊雖レ令レ悅レ耳、府中未レ入二掌握一歟、發向猶令二遲引一者此方事頗以不レ重、當時凶徒之體、其勢不レ幾、雖三少々有二戮力者一、何無二對治之道一哉、然而自二去年一連々雖レ令レ申被レ加二斟酌一之上、不レ能二再往之懇請一、以任二運命一相二持時節一、老心之辛苦可レ被レ察者也、奥邊事爲二催促一重遣二使節一以二便宜一染二短筆一而已、悉之、

三月廿八日　　親房卿 花押

結城修理權大夫舘

この文書に云ふ先朝とは、後醍醐天皇、新主とは、後村上天皇、親王とは守永親王の御事にして、宛名の修理權大夫は親朝、年頃は興國二三年の間である。右は伴翁の考證によつて確かである。

こゝに聖德太子御記文の如くとあるのを見れば、これは恐らく太平記の云ふ未來記披見のことと同一事をさすものであらう。果して正成公はどんな由來の書卷を披見されたか、それはともかくとして、すでに興國年間親房卿が太子御記文云々と述べてゐる以上、未來記は太平記作者の造言とは云へない。

恐らくは正成公が味方の兵をはげまし、さらに進んでは朝敵までも聞きつたへて叛心を

復さしめるために計畫されたものであらうと考へられた。上宮太子への信心が、佛教をたのみとする時代の人心の最高偶像を形成してゐたころゆゑ、正成公が天王寺の寺僧をかたらつて、然るべき文章をなし、これを味方のかれこれの方面へも傳へておいたものらしいとは、この書簡が、太子の未來記をよりどころとした點からも感じとれる。

さうして親房卿もそのことに心を合せられたものなるか、あるひは、親房卿も亦記文の趣をうけてたのみとしてゐたものかは、こゝでにはかに斷言できないが、太平記の文章を重んじ、合せて結城家文書のうらづけによつて、正成公がこのことに主に加つてゐたことは疑ふ餘地もない。

この一場のことがある程度明らかになつたことから、我々は正成公に對していだく考へ方が、一きは明らかになつたのである。すでに親房卿存命中天王寺未來記が、口頭で信頼される一つの對象として存在してゐたことも、何ともありがたいことである。

時代の變りごとに、造言飛語は、極めて重要なものの役をなす、その形態には變化進退の法が、社會狀態によつて生れるけれど、大本の思想は、正成公の未來記に於てつきるものでなからうか。その第一の要素は人心の信仰上の歸趨を察して、その上である程度の神祕性と神がかりが必要である。流言飛語の取締りは大てい無能な取締り役人にも出來ると思はれたが、その創造は藝術の創造と同一の難しいことである。例へば米のないとき米のあるといふ飛語を造つても仕方ないのは明白である。さういふ飛語の製造は、きつとその所在を云ふ飛語の創作で、さきの製造者が復讐される。政治上の宣傳事業は、大腹の大英雄が、胸襟をひらいて語るといふ正直さか、でなければ飛語でうちかつ、軍には軍でうちかつ、さういふ軍略正道の戰ひ以外にない。飛語の類はすべて邪道とは、就中いへないのである。ヂヤーナリズムがその性能と機能を失つたとき、生活はきつと飛語を生むものである。これは疑へない史實である。ヂヤーナリズムから國民的正義の論と、在野の志が沒却されるときは、飛語がそれを不完全な形で代行する。

政治を文化的にせよといふやうな説は、大體現在ではまさに沒落せんとする職業思想家と職業文士たちの自己擁護を企てる言動である。現に我々の最低の文明生活をいくらか保證するものは、百の文化政策論に非ずして、物質生活の一歩の保證である。一俵の炭の増配の方が、文明のために意味が多い。眞の政治の文化とは、名分を正すことであり、この古典精神の實踐は現在全然かへりみられぬ。

正成公の軍略政略として傳へられるものの中には、今の世の考へでは如何かとも思はれるものが少くない。未來記の件もさういふ點であやぶまれるものであるが、しかしこのことはよく／＼考へるなら、むしろ我々が今の心で考へる點におちどのあるものである。我等の愚鈍さで、今の世の一わたりの思惑で考へること以上に、この公はふかく當時の人心の實際にふれてゐたのである。この點を十分に考へたいと思ふ。

この公の如き偉大な人物は、我々の凡庸の目盛ではかりきれる對象でないといふことを私は痛感するのである。私は新體制になつてから、一段と深く古來國の亂れにあらはれ、自己を救國の精神として志をうちたてた人物の偉大さを痛感してゐるのである。もと／＼

我々は國家が精神的に悪い情勢の中で青年時代を經驗し、救國の志に於て天才と英雄を崇敬することは、今日の中年者の比でないと考へられ、我々の文學の大本には以前からさういふ觀念があるが、昨今の新體制と云はれるものの進展の中で、ことに古來の偉人の偉大さを痛感し、このことを何ともゆゝしい杞憂とさへなすほどである。

楠公が千早城に錦旗を奉じ、攝河泉を覆ふ賊の大軍の中で毅然として孤立したさまを、太平記の作者は「千劍破城の寄手は、前の勢八十萬騎に、又赤坂の勢吉野の勢馳せ加はつて、百萬騎に餘りければ、城の四方二三里が間は、見物相撲の場の如く打圍んで、尺寸をも餘さず充滿《みちみち》たり。旌旗の風に飜つて靡く氣色は、秋の野の尾花が末よりも繁く、劍戟の日に映じて燿きける有樣は、曉の霜の枯草に布けるが如くなり。大軍近づく處には、山勢是が爲に動き、鬨の聲の震ふ中には、坤軸須臾に摧けたり。此處にも恐れずして、纔に千人に足らぬ小勢にて、誰を憑み何かを待つともなきに、城中にこらへて防ぎ戰ひける楠が心の程こそ不敵なれ」と以上は巻七千劍破城軍の事の條をひいた。まことに心の程こそ不敵なれと評されてふさはしいめざましさである。あとにもさきにもかゝる豪勇の氣性はわが國史上に見あたらぬ。すべてこの公の盡忠至誠、あるひは明智軍略を別としても、かゝるはげしい氣性は世にないもので、上方の優美を云ひ、上方武士の柔弱を云ふのは楠氏一族近畿の武家を知らぬものの言であらう。東國の蠻と云はれた關東武士は源平時代に無數にあつたが、一人として楠氏の豪傑に遙かに及ばぬのである。

楠氏一族子孫に及ぶ盡忠の志を、今日の人々は何かの別のことばで説明せんとして、楠氏と皇室領との關係とか、皇室と河泉地帶の特殊關係を考へ合せる。そのことは確かにもののありさまを示すであらうが、それらのことによつて楠氏盡忠のことを說き終へたとなす如きは、模倣の衒學にすぎないのである。かういふ偉大な事實は、別のことばで說いて說き終へることでない。近時政教當局の意見では、科學的に日本精神を闡明せねばならぬと稱してゐるが、さういふ方法のゆき方は、楠氏盡忠について、その條件を河泉地方と皇室の經濟關係などで說き上げようとする類であつて、さういふ科學的方法によつて、絕對に楠公の豪勇に說き得ず、ましてその盡忠は說明し得ぬ。ある形で說明せねば滿足できないといふのは、まことに殘念な近ごろの模倣文化のあらはれである。こゝに云ふ說明とは、儼然の一事實を、何かの別の理論上のシステムの中に入れようとする努力であり、我國の儼然の事實をその本質のまゝに於て信じ難しとし、近代西戎の文化理論の論理によつて國體を說明することに、政教當面の使命ありと思ふのは、むしろ愚かしい無能であるとより云ひやうない。

楠公の存在は、日本の精神の一等すなほな事實の偉大異常な表現であつて、それをその偉大異常の點で不思議と思ひ、それを何かと合理づけねばならぬと考へることは無意味である。文學に於ても、偉大な天才は、日本の詩心のいのちといふ一般に普遍のものを寫し出したのである、これとあれとは異るものではない。たゞ我々は凡庸で測り難い偉大な英雄や詩人をもつことを信じ、又我々の一般の志は、さういふ偉大異常のものの背景であり母胎であることを自信せねばならぬのである。

彼の偉大は日本人の自然から云つて、何の不思議もない偉大であり、それはそのまゝ一つの典型となる詩である。楠公に關しては太平記作者の評に於て殆どつきてゐるわけである。文學から云つてもこの場面程に雄大にして驚異すべき文章は、我史上に例ない。詩人とはかゝる情景を描き、又自身の文章にかゝる大丈夫の志をうちたてるものの謂である。しかし私が太平記のこの場面に最も感動したのは小學校時代、その校庭から千早城のあつた金剛山を指さゝれてきいた太平記物語であつた。我々は幸ひにも南朝の英雄たちをその思想で知る以前に、彼らの闘つた土地で知つたのである。さうして私は日本を土地に於て知り、日本の思想は風景の自然として知つたのである。

偉大な楠公が自身と一族によつて表現した思想は、何かによつて說き明かされるべきものではなく、かくあるべき自然のものの、一つの激烈果敢な表現であつた。それはその意味で詩である。

さて天王寺未來記のことは、太平記中でも色々の意味で人の注意をひくところであるから、こゝに伴信友翁の發見考證を誌したのである。この謀計も今の考へからは非常に妙にも思はれるが、その他信じ難いものが太平記中には少くない。しかしそれらはこの公が、當時の坂東武士一般の野蠻について如何ばかり深い思慮があつたかを示すたぐひであらう。世々の人々が正成公の賢德あつて軍略にとんでゐたと傳へてきたことも、今考へてさらに餘りある程である。

河內と皇室の關係はほんのかりそめの一例にすぎない、楠公が河內の城にたてこもつたことは、何べんもくりかへし云ふが、日本人のあるべき形の正義観の激越な典型的表現である。河内と皇室の關係を云ふのは、俸給めいたものをもらふものが初めて大政翼贊に從ふものであると考へる如き近代の風に類してゐる。名分を正すことは、政治の文化性の第一歩であり、名分はまづ官僚より正すを第一歩とするとは、東洋風の古來の政治學であるが、今日の政治批評はすべて高等批評の氣慨を失ひ、倫理批評を嗤つて、市民的經濟批評に終始してゐる。もつとも國本のよつて立つところと考へられた農にしてさへ、今日では生民の姿を失つて、農業生產は俸給生活にきりかへられるらしい。もはや我々には草莽の志をのべる唯一の生理の場所を失ひ、東洋の傳統はその生き方について大思案をなさねばならぬ狀態である。時代の變遷期に於て直接の生產に從ふ者のより多き利得を得ることは、正當の倫理であるが、さういふ倫理は永久に成立せぬものであらうか。かくて諸外蠻戎國では革命がくりかへされ、我國では永久な神ながらの目標をつねに現身にいだきつつ、維新が悲願とされねばならぬのである。我らがもつ國體意識は、草莽の終末感の最も强烈な表現である。これはわが史上に耿々たるものがあつた。日本人が人間として强烈な生き方を知らなかつたなどと考へてゐる現代の職業的思想家は、あはれむべき模倣の植民地文化人種にすぎない。こと〴〵に西洋の「人間」をかつぎだす昭和硏究會一連の職業思想家はまことにあはれむべき存在である。彼らの悲哀は、その職業の成立の點にあつて、つねに彼らは自分のもつ市場のうり込みに汲々として、さういふ希望の表現をいふために文化政策論などと云つてゐる。彼らの目的はいさゝかの俸給とそれを確保するいさゝかの權力の維持につきるのである。

道成寺考

一

昭和十二年の初秋のことであるから、もう大分以前である。この事變の起つた年に、私はいつもよりも多くあちこちを旅行した。七月以後のことも今から考へると大方旅先の記憶しか思ひ浮ばない。澤山の若者を戰場に送つた村や、わけても戰ひに多くの壯丁を失つた山村のそのころの印象は、年月と共に切迫して心もちの中へ浮んでくる。

紀の國の和歌浦から大邊路《おほへち》と云うてゐる海邊の道を通つて下里の懸泉堂を訪れたのは、二百廿日の嵐の日の海を潮岬で見たから、忘れはしない九月初めであつた。私はそこから新宮に出、本宮から中邊路《なかへち》を通つてまた紀三井寺へ歸つてきた。道成寺に詣でたのはその旅の終りであつた。もつとも歸りは和歌山から大和路へ出る汽車にのつて、粉河寺へ詣でたから、粉河寺が最後といへば一そう正確である。

粉河に詣でたのは、むかしからの西國巡禮のことを思つたからである。伊勢から熊野三山に詣でて、それから畿内の觀音靈場を巡禮することを、西國巡禮といふのは、東國人の呼び名だらうと大體に此ごろでも考へてゐる。道中札場の巡路も東國人の旅に卽したもののやうだ。紀三井寺に詣でて、ふるさとをはる〴〵こゝにと歌ひ、花の都も近くなるらんとをさめてゐるのも、東の人の思ひをこめたといふのにふさはしい。

熊野の三山は王朝末期の朝廷の異常な信仰對象となつてゐたから、私は後白河院や後鳥羽院の御足跡の地を知りたい思ひは以前から多かつた。そこは古い神代よりの地である。しかし源平時代や吉野の都時代の熊野は、吉野の奥とつらなる綠山の中の地の利を占めて鬱勃の勢力をなしてゐた。そのころの熊野や、鯨とり船に競つてゐた海の住民のことも、私にはなつかしいが、しかしなほ稀有な政務多難の御一代に後白河院の三十四度、後鳥羽院の二十八度と云つた度々の三山への御幸は、その御祈念の深さのほどを拜察するまでもなく世のつねのこととは思へなかつた。年來久しく私はあのころの世相について、深い史興と文學の情を感ずるものであつたが、南紀を廻る汽船を嫌つてこの時まで遊ぶ機會をもたなかつた。たま〳〵後鳥羽院に關する著述を完成するためにも、熊野三山の今を詣でて知らうと思ひ立つたのであるが、それが皮肉と云はうか、二百十日まへにめぐりあつて、私は和歌浦に滯在しつゝ、船便をまつたが、船の缺航のため陸路を海沿ひにゆくこととなつた。

さて三山の信仰のことは、道成寺の傳說にも關係があつた。三山信仰が宮廷から一般民衆に移つたことは、色々の方面で日本の文化の上に平民主義といはれるもののあらはれた時代であり、その點でもこの現象はさうした事實を示す大切なことの一つだが、それはまた日本の文化の平民主義の發展の機微をも示すものの一例である。足利時代からあらはれてくる平民主義といはれる文化のもつてゐる日本主義めいた民族的自覺も大切にすべきことの一つだが、さういふ平民主義の發生と共に、合せてよく考へたいことは、當時よりは少し早くから創成され、近世調の平民主義の基定となつた禪と念佛の系統の宗派に共通した貴族化への熱望が、宮廷への結合の希望としてあらはれたことである。この間の事情は日蓮宗や本願寺の歴史を見るだけでも十分だが、時代は近世に入るけれど寶暦四年の親鸞の大師號問題に關しての運動やその醜聞の如きがよく示してゐる。同じことで武家の連中の流行であつた系圖の賣買や奪略あるひは捏造などの事件も興味ふかい。このことについては、織田とか德川といふ近世の初頭に世に出た者らは、みな陋劣な所作をして自家の系圖を作つたものであつた。

傍みちの話は別にする機會がある。しかしこれも三山信仰の移り變りと、あらはれこそ違ふが一脈を通じた法則をもつてゐるのである。このあらはれのちがふ點に於て美醜のわかれることについては後にも考へたいと思ふ。同じやうなことが西國巡禮のいはれ因縁についてもとかれてゐた。西國巡禮と三山信仰の關係については大へんお粗末な云ひ方でざつとしたこととも云へないが、どのみち道成寺は名勝見物をかねた巡禮者と無關係でなかつた。

關東ではあの三十三箇所の御詠歌はもうなくなつたことと思ふ。今日の市民生活をしてゐる家庭でももはや忘れられて了つた。それは忘れてもよいと思ふのだが、私らの子供のころには、月に何回か村の講中が集つて御詠歌を唱へるのは普通のことだつた。相談ごとや世間話の交換もかねてゐたのは云ふまでもない。今ごろになると寒修業といつて、夜になつてから女たちは御詠歌を唱へて門毎を歩いたものだつた。私らの地方は兩本願寺の勢力が一色に及んでゐない土地である。門徒もの知らずといつた格言が行はれてゐる土地であつた。それらのものを知るといふ形で古い因習とか迷信と思はれてゐるものを殘してゐるのが、今から思ふと有難いかも知れぬ。もの知りとかインテリゲンチヤといへば、昔のしきたりやことの來由ないしは因習を知つたものの意味であらう。それは迷信を知つた人と云つてもよい位で、彼らはさういふ點では支配力をもつてゐたものである。その三十三ケ所御詠歌の初めに花山院さまに奉る御詠歌と云つて、普通に花山院入覺御詠歌といふ三首をとなへた。花山院が巡禮道の中興者、實際的には創成者であらせられるといふ説は、本をよむことを覺えたころにものの書で知つたことだがすでにそのころでは、この王朝中期の至尊の御退位遁世の御事情について感傷的にならざるを得ない氣持の根據も、あれこれの史書によつて教へられたことである。花山院やその後の至尊の佛道への御志は、天平宮廷の佛教感覺などとは別のものといふ方が正しい位である。

私が青岸渡寺から紀三井寺へ出て、粉河の寺へ詣でたのは、花山院を思つたからであつた。花山院は初め三山に籠られ、それより紀三井寺から粉河の觀音で參籠された。その時の納札《をさめふだ》にお書き下された御製として、

むかしより風にしられぬ燈火の光にはるゝ後の世の暗

この御歌のことは、私はゆゑもなく大へん感傷して思つてゐたものである。ことに教理のいはれを説かないで、ことばだけをよんでゐた私らの文學時代には、大へんよい感じのものだつた。しかし勿論今ではその上でなほ名歌と思ふ。三山から始まるこの院の御幸が巡禮道の起りとなつたといはれてゐるわけである。しかしこの粉河の観音に奉納された御製は御詠歌の初めにあげる三首歌の中になかつた。この花山院入覺御詠歌と云つてゐる三首の中に次のやうな一首があつた。

　名にしおはゞ我世はこゝに盡くしてん佛の御國ちかきわたりに

しかし一般に花山院さまへの御詠歌と云つて三十三ケ所御詠歌の始めにあげるのは、

　ありまふじ麓のきりを海と見て波かときけば小野の松風

といふ御詠歌である。ところによつては最後にこれをあげた。さうして三十三ケ所の一番ごとに、その札所の観音に線香を立てるなどいふのは丁重な土地の風習であつた。さういふ所では御詠歌を教へる旅の僧が廻つてきて五日も十日も村に滞在して、又次の村へと渡つて行つた。

　歴史に現れた花山院御退位の情景については誰でも身のつまる思ひがする。さうした院が巡禮道の實際上の創始となつてゐられることはよく出來た話と思ふ。粉河寺の御製にしてもいはれを聞けばさらによく、「風にしられぬ燈火の」などいふことばは、我々のしやれた近代の象徴文藝観で勝手に解して了つてももうよいと私は思つた。名にしおはゞの方の御製は美濃の谷汲でのものである。今までは親と頼みし笈摺《おひずる》を脱ぎて納むる美濃の谷汲、これの谷汲の華嚴寺は、院の御巡禮の最後の地であり、從つて西國三十三ケ所の巡禮もこの院の御足跡と云ふのである。これは大體德川時代の俗書の一般通説であり、勿論今の學者は問題にさへしない。尤も今の特權者的な學者たちは、庶民の切實ないのちの表現を、宮廷の何かに結びつけねばならなかつた人心については、絕對に何ら關心してゐないのである。この西國巡禮の緣起と、本願寺の貴族化のための所作の間には、一脈を通ずるものがある。しかも心情の表現に於ては雲泥の差がある。巡禮を宮廷と結びつけた氣持と、本願寺を敕願寺として又公卿と緣組した氣持とは、相通じてしかも異るものである。我々が文藝の中の宮廷をとくにあたつては、この相通じるものの異りを明らかにし、二者同一にしてはならぬ。かういふ點で私は文藝と民衆といふことを考へるのだ。

例へば本願寺が貴族化したのは、親鸞の平民主義の後退であつたかもしれない。しかしそれは必ずしも罪過と評し去るのみであつてはならぬのである。庶民が西國巡禮の濫觴に花山院を奉つたことには、幾らかの政治批評的な表現がある。もつともさういふことを思ひついた僧侶は、その日の人心をなぐさめる無償の行爲によつて、末世の人心の終末心理をいたはることを知つてゐたかもしれぬ。しかしこの知り方は考へたことではなく、無意識の血の表現であつただらう。我が文學上では宮廷といふものはさういふものとして形成されてゐたのである。これは歷史である。彼らはさういふ形でインテリゲンチヤであつた。彼らの著述は、時代の新舊に亙つて數冊は殘つてゐるが、今も俗書として扱はれてゐるやうな人々であつた。たゞ彼らはさういふ意見をたて、來由を説くことによつて、一體何を表現したのであらうか。これは本願寺を宮廷に結びつけようとする運動といくらか原因と共に心の働きに於ても差異を見ねばならぬ。尤も本願寺の場合も、日本の民衆の状態を見るにつけ、ある段階に於て、宮廷のもつ精神上の力との結合を必要と感じたのであらう。しかし彼らはさういふ宮廷との精神上の紐帶を表現することの中で、精神上の終末感に發して、しかも日本の臣として苦しい日を生きるみちを僅に心になぐさめたとは云へない。これは一脈を通じ、しかも異るといふ所以であり、この點に於ては今の批評は大體未だに不敏であつて、今日臣道をとく心に差異はないといふ連中は、生活環境への見解を思はず、又精神の絶體的狀態について無知であるために、日本人が最後に生きづく場所としての、大君に對する悲願によつて生きるみちについて思ひ描くところがないのである。この見地に於て、多くの人々は我國の過去の精神と文藝の歴史を大きく謬るのでなからうか、私はそれをあやぶむのである。

私は今日の若干の學者のしてゐるやうな緣起についての考證研究には大體に不滿をもつてゐる。西國巡禮の起原についての研究の如きも、もう少し當代の人心を明らかにし、今日の人心を振興するやうな學問の方法であつて欲しい。さうして私は自分が花山院の御集をよむ日にきつと邪說を一掃し得ると信じるのである。しかし私は花山院が巡禮道の濫觴であり、靈所の指定者であらせらるとか、ないしは御詠歌の作者であらせられたといふのではない。長く久しい日本の若干のインテリゲンチヤと一般庶民が、日本のヒユマニズムとしての意味をふくめて奉讚してきたと思はれる院の御全貌が明らかになり、その時民衆の描きだしてゐた長い時代にかけての構想の實相が、今の學者の文獻的方法以上の眞理をもつことを示しうるだらうと思ふのである。花山院の御集は鎌倉時代までは世にあつたが、今はまだ現れない。しかし現に我々の知る範圍の史料を以てしても、私は今日の文學者として花山院を思ひ描き、それを以て悠久な文藝と批評の表現をなすことは可能と思はれ、又さういふ場合にふさはしい御存在と思はれる。

さて三山の信仰と西國巡禮のことについては、もうむかしからその關係を說かれてゐる。この巡禮が一等流行したのはいつごろであらうか。巡禮道中記が東國人にふさはしくなつてゐるとしても、伊勢の神宮を振り出しに熊野から初めるみちすぢから考へると、この道中記の假定についてはもつと考へてもよいが、それは別のことである。文書の殘してゐる範圍では、室町時代に大衆が夥しく流れたことがあつた。それは幕末のころの伊勢詣りの大衆とくらべあはせても、人心の描き出し難い悲痛を表現した神詣でや佛まゐりは、むしろ無慙と言ひたいことであつた。ごく最近に於ても私はさういふ人心の表現を眺めて、歷史の哀愁に傷心したことであつた。さて近ごろの鐵路の四通八達によつて、道中記はすつかり變り、又同じ意識の表現も異つたのであらう。今は笈を負つて步いてゐる人はすつかり減少してゐる。

道成寺の傳說と巡禮の關係はさして云ふ程のこともないが、三山の行者と關係あつた道成寺傳說の流布については考へたいこともある。文學や精神の歷史を考へる上では、ヂヤーナリズムといふものについて考へねばならぬことは云ふまでもないが、昔のヂヤーナリズムを明らかにすることを別としては文學はその生きたものとしての形では再現しにくいところが多く、さういふヂヤーナリズムは、簡單に今日の様子で想像できないのである。今は偉大な古典と云はれるものにしても、大體が今日のヂヤーナリズムによつて、その流布といふ點での名實を兼ねた位置を占めてゐるものの方が多いのである。それがあつた日、生れた日の文學の狀態を考へるためには、だから今日の作品のみをもととする見解だけで、完全に正しいとは云へない。作品の中でその傑作性を云ふのは近世以降文壇が市民化した場合はまづ間違ひも少いが、歷史上の文學の流れを、精神の歷史を明らかにするために言ふには、單に作品として限定された文學をもとにして考へてはならぬ。過去のものは今日の理論や思想が生きてゐる程に、その精神をのどかにしてゐたとは云へないのである。蔭になつてゐた日の歷史は、大へん無理な生き方や表現をしてゐたものである。詩が十分な詩の表現をもつといふことは、むしろ珍しいことで、今日の日本のやうな植民地市民文化地帶では、まだ我々の本當に思ひ描いてゐる詩文學は、ヂヤンルとしても認められず、表現發表の場所は勿論與へられてゐない。誰がそれをさへぎるといふよりも、大體がさういふ時代なのである。我々はそのときあらゆる時代の表現を一應は同一地盤の上へ解消する努力が必要であつた。そののちに初めて我々はある個人や作品を縫ふだけで完全に近い歷史を描きうるであらう。さういふ過程に於て、昔のヂヤーナリズム――文章的表現や話術的表現のあり場所となつた機能と範圍を明らめておくのは、まだ少しばかりしか手がけられてゐないが、十分必要である。本當の詩心が詩を描かず、本當の詩人が文藝と別の形で生命を虐使したことは史上に例の多いことである。歌はなかつた詩人といふのは決して修辭でないのである。それは文學の歴史を精神から見たものであつた。

私はさういふ文藝その他の文化のあり方やあり場所を大ざつぱに考へた上で、大體に於て文藝と民衆の關係をきめるものとして宮廷を主題としてきたが、これは嚴密な人からはまだ假設といはれるだらう、しかし詩人にとつては信念である。さうして絶對に間違ひがないと思へる程に材料の方も増加するやうである。文學が生きたものとしてあつたあり方は、描かれた作品だけではよくわからぬのである。その描かれた作品といふものも、いはゞ一つの歴史を作るためにある一つの時代のイデオロギーによつて整理した圖式にすぎないのである。大體に變革期に於ては、本當の詩人はその詩を、文字やことばで云はなかつたものである。このことは久しい間私はくりかへして云つた。今日では一應近來の文學史をすつかり解體する必要がある。現在の文學史といふのは、文學の規準となるものでなく、たゞ文明開化の模倣的文物の一表現にすぎないのである。唯物史觀だといふやうな文學史にしても、かたがた古いイデオロギーの所産を勝手に借用し、たゞ背景說明から納得させてみせるやうな說き方は、餘りに子供つぽい。文學者が文學の歴史を明らかにし、以て一つの信念を不動にするためには、今日のやうな日にはいくらもすることがあつた筈だ。多少さうした眞面目なことが、世に役立たぬとみえるとしても、これは見る人の立場である。最も私が道成寺の傳說を主題にして、日本の文藝について語るやうなことは、流行文士が浪花節の臺本をかき、陸軍省が漫畫雜誌を後援し、大衆作家が所謂右翼的半政治團體に加はるといつたやうなことと、少しづゝ似てゐるやうだが、根柢が違つてゐるのである。私は所謂「道成寺」が、我文藝の歴史の中で傍系だとか、下手《げて》であるとか、ないし低級文物であると云つた見解をみとめないのである。もうさういふ固定した評價から出發して、作品を對手に人生觀や哲學と、勝手の熱を吹くやうな創造的評論などを私は少しも認めてゐないのである。「京鹿子娘道成寺」はかなり古い寶暦三年に成つたものだが、その全曲は今でも行はれ、音曲のことの判りかねる私にも、この長唄はよい出來の作品と思はれる。しかし私自身の考へ方から云へば、あれほど有名で日本の古典的文藝題材の中でも代表的な道成寺が、明治以降の文壇からばつたりとなくなつたことが不思議に思へるのである。

かういふことを云ひだすと、昨今歪められた形で問題になつてゐる、國民文學といふことについていくらかふれて了ふ始末となるが、千年位の歴史をもつて成長してきた道成寺の傳説が、まだ書きものの形にはされないで現在に殘つてゐる説話と共に、近代の科學文明時代にどういふ結末をつけられたか、さういふことを考へてみたい。一口に云へば近代の考へ方や思想に輕卒に從つた合理的説明が、非常に簡單に道成寺のイデアをなくして了つたのである。このいきさつは改めて考へたいことの一つである。道成寺などは瑣々たる市井の一例にすぎないのである。もつと重要な國の古典が、同じ形でその神話《ミュトス》として、又文藝としての生命を虐殺されたことについて、文藝的な抗議は、自負して云へば我々のなすまへにはわが新文壇の誰によつてもなされなかつたのである。つまり世の中でいふ日本主義の古典論争は、徳川末期の國學者の行つた論争のときの問題のたて方や考へ方から、全然近ごろまでは進まなかつたのだと云つてもよいと私は思ふ位である。その中ではもう芭蕉などに較べると、近代人の時代に息づいてゐた秋成や蕪村の思想は我々に似てゐる。しかし彼らはみな詩人だから、今の學問からはその藝術觀は無視されてゐる。この點については、誰も考へてくれないまゝで、我々が大さう遅れて云ひ出さねばならなかつたのである。口幅つたい云ひ方だが、日本の詩人としての我々の考へることは、氣持の上ではいつの世の日本主義者にも相通じるかもしれぬが、考へ方や、めざしてゐるものは、大分にちがつてきてゐるのである。しかし私は自分らの弱い力をどうかうと云ふのでない。やがてくるだらう日本の文明時代になれば我々の意見はよく通ずるだらうと希望してをればよいと思つてゐる。

我々は年々に道成寺の傳說を完成してゆく位のことはしてもよかつたのである。これは民俗學者や考古學者や國文學者の仕事と異つた形に於てである。彼らはなり立ちのもとを洗ふのだが、我々はゲエテのやうに民衆の叡智の向上を代辯して、新しい創造をせねばならなかつたのである。しかし道成寺の安珍清姬の物語の歷史を見ても、日本人の創造力はずゐ分久しく停滯してゐたやうである。これは鎖國時代の文明のありさまを示す一例であり、全く殘念なことの一つである。それらのことは追々に書くから、讀む人はその點を理解して、同樣殘念がつて欲しい。京鹿子など實によい作品だが、そのよさは停滯したものとやはり云つて了ふ方が、我々のためになることと思ふ。これは功利的な云ひ方であるが、こんなに久しく傳へられ、描かれてきた物語には、もつと壯大な劃期的作品があつてよい筈だ。

道成寺の安珍清姫物語のあり方といへば、それは義經記や曾我兄弟、あるひは忠臣藏ともちがふのである。たゞかういふ本當の形で小説らしい市井の文藝を、十分に近代文藝として成長させるには、わが德川中期以降の近代文明――主に紅毛文化の影響下の文明は、餘りに微力だつた。彼らは教養には缺けてゐなかつたが、國力の背景をもたない壓制の鎖國生活の中では、その教養に缺けるところのない創造力も、たゞものを茶化する方向しかとれなかつたのである。さうして茶化されたときに、はや元も子もなくなる。

しかしこの傳説の成長については、作品がすぐれてゐる以上に、もつと緊急な本質上の生命をもつてゐたのである。それらのことも少しくどい云ひ方をせねばならぬから、もう少しあとになつてから云ふつもりでゐる。

今では鐘入りの炎のことも、あれは寺の年代記にある火事のことを云つたものだと、地方の人さへ説明してゐる。しかし寺へ行つてそこの若い僧侶にさういふ合理的説明をきいたことは、一層驚いたことだつた。さういふ合理的解釋は、自分のもつてゐる知識の斷片の組合せで、わからぬことをともかく支配しようとする考へ方の一つのあらはれである。それは落語に出てきて人を笑はせる、いはれ因緣や物のことわけは何でも知つてゐるといふ、町内のもの知り隱居老人の一類に他ならぬ。

しかし道成寺の安珍を火事の話で死なせたところで、この物語の何をときあかしたことともなるわけでないが、安珍や清姫の遺跡遺物の現存もさういふなさけない科學主義説明をあへてさせるのである。例へ安珍が火事で死んだと説明しても、清姫といふ蛇になつた女性の物語とその説明は全く無關係であるといふことは、わかつてゐる筈である。そんなことよりも、もう少しいりこんだ古典の現代解釋の場合には、安珍清姫の炎の時のやうに簡單に、その物知りぶりが落語の物知り老人の一味だと云つて了へないやうに見えるところもあつて、をかしいことが、なか〳〵にたくさん出てくるわけである。安珍の方は火事だとし、清姫の蛇は執念の抽象と分つのでは、滿足する筈のものでない。

さういふ滑稽の罪は、一般文化人にあるわけで、文明開化が、我國の近代の土臺的努力さへ抹殺して、すべての土着をすて、激しくは主食物變更論から、國語廢止論や人種改良論まで、一應は平氣で口にされた時代の思想にあつては、文藝家が本當の日本の文藝の整理をしなかつたことも止むを得ない當然のことだ。

一應の問題は、鎌倉の中期以降、もつとはつきり云へば足利時代から後の、所謂平民主義の起りといはれるもの、卽ちあの頃に現れた短篇小説に描かれた民衆の氣持や、日本の自覺の起りかけから後を整理しておくことである。足利や德川といふ強い筈の武家の將軍のなさけない國辱外交の側で、日本の民衆の自覺はずん〳〵進行してゐたのである。大體に家康といふ人は、大へん殘念な柔弱外交の張本人であつた。事ある度に日本の民衆が強硬外交を口にするのは、足利や德川といふ武家政治の時代の柔弱外交の血の記憶にもよるものであらう。足利時代の一般國民が何を考へてゐたか、又別に當時代のヂヤーナリズムを運行した文人たちがどういふ生き方を究極に描いたか、これは出來るだけていねいに考へるとよい。本當の日本の生命と精神の歴史はその時代の武家の政府にあつたわけでないからである。

安珍清姫の物語にしても、もう徳川時代に於てさへ、大して佛説教訓譚でも何でもなくなつて了つてゐたのである。しかしさういふものを今の心もちで描き出すことといへば、大へん古色激しく、途方もないと思へるが、これは例として云ふからいけないのである。「京鹿子」にしても、今日よく行はれてゐるやうな傳説の解釋とは比較にならぬよい作品で、すなほに文學作品として扱つても不足ないと思ふ。道成寺を今の人の眼で書きかへるといふやうなことを、私は古典復興といふのでない。このことは道成寺の傳説の變化をあとで云ふが、その上でよくわかると思ふ。

私は道成寺の若い僧侶の臨地説明の合理づけに驚いたが、もう一つ感嘆したことは、彼が道成寺の傳説の中では、安珍清姫より大切なものですといつて、文武天皇の后妃となつたと寺で稱してゐる海士の女の口碑を、寺の緣起として話したことである。この姫の緣起話といふのは、文政元年回向院で開帳した時印行して弘められたものである。この文政元年の緣起文は、屋代弘賢の錄しておいたものが殘つてゐる。その全文は「紀伊國日高郡吉田村　鐘捲道成寺緣起」と題して、

抑紀伊國日高郡吉田村道成寺と申は、人王四十二代文武天皇の御建立にして、本尊は御丈一寸八分、閻浮檀金の千手觀世音菩薩、海中より出現し玉ふ處の靈像にて、殊に蛇身化益の御誓、靈驗新にましませば、都鄙の參詣常に絶ず、境内廣大にして本堂樓

門庫裏回廊鐘樓經藏甍を竝べ、荘嚴また金玉を鏤め、凡一千百餘年の星霜をふるといへども依然たるは、實に是闕南第一の靈場なり、其來由を尋るに、古へ此邊りに正八幡宮の社あり、この社と道成寺との間二三町の入江にして、九海士の里と呼て、九人の海人住めり、或時海中に光りものあり、蜑人怪みおそれて近よらず、一人の蜑不思議に思ひて、光る處に至り海底に入りて探り求るに、終にこの赫奕たる靈像を得たり、蜑人奇異の思ひをなして、土生といへる處に、柴の庵をむすび安置し奉て、朝夕の恭禮いとねんごろなりければ、或夜靈像蜑人の枕上に立せ玉ひて曰、汝我にいのること他事なし、汝心に願ふことあらば申べしと、蜑人夢中に答へ申やう、我別に願ひ申すことなし、只一人の娘を持侍るが、今に至りて頭髮生せず、あはれ大悲の佛力を以て頭髮を生せさせ玉へと、渴仰すると見て夢覺たり、奇特なる哉、翌日より娘の黑髮生じて丈に餘れり、蜑人歎喜してその髮の落一筋にしても人に踏せじと拾へば、則樹の枝に置けるを雀來りてふくみ去り、遙に帝闕に至り紫宸殿の軒端に巢を喰たり、或時帝叡覽ありて、女の髮筋雀の巢よりたれて、地上に届きたること不思議なりとて、かの巢を取らせ見玉ふに、女人の黑髮に紛なし、則この髮の主を尋よとの宣旨ありて、普く國々を尋求るに、終に紀伊國日高郡吉田村九海士の里に至り、かの髮主を尋得て都に歸り、その由奏聞しければ、則娘を召れけり、世に稀なる美婦人也ければ后の宮に備へさせ玉ひける、しかるに后宮雨ふる日には、必玉顔に涙をたれて物悲き風情に見え玉へば、帝怪み其故を問玉ふに、后對て曰、我古郷の柴の庵に安置し奉る觀音あり、雨の日は庵室漏て濡させ玉はんことを歎中なりと、始終を語り玉へば、帝叡感ありて扨も難レ有佛體哉、さらば一宇を經營參らせんとて、紀の大臣道成公に仰て、七堂伽藍を御建立有て天音山道成寺と號し、かの靈像を安置して、九人の海士人をも神に祝はせ玉ひ、九海士王子と崇て、今も吉田村に宮居有りて、例祭絶ず、諸人是を尊敬すと云々

この話は、佛體出現の點では方々に類例が多いし、淺草寺の話にも似てゐる。ところで九《く》海《は》士《ま》王子は建仁の御幸記にも出てゐる九十九王子の一つとなつてゐるものを指す心持であらう。これらの王子の社のことを、宮地直一博士は熊野の末社と考へてよからうといふやうに說かれてゐる。この九海士王子のことは淺草本尊出現にかかはりあつた三人の海士の例とも似てゐる。一寸立ちもどるが熊野信仰について、修驗道以外に、時宗の方ではその創成時より深くつながつてゐることである。藝能と關係の深かつた時宗を考へ合せると、考へる人が想像をたくましくするだけの意義があらうかと思ふ。卽ち一遍上人は文永十一年夏本宮に參籠して神教を得て信條を確立したといふのであるが、中世後期より熊野が宮廷の篤心をうけたころには、その位置は古の叡山をしのぎ、伊勢神宮にさへ劣らなかつた。熊野が源平時代より承久、建武にかけての動きには、この中世末期の宮廷との關係が思はれることである。後白河院のころ、二條天皇時代の長寛勘文には、熊野の祭神について種々の異見があつて、伊勢と熊野の同神なるや否やを群臣に議せしめた由をしるしてゐる。本宮は內宮也、新宮は外宮、那智山は荒祭宮也とは、その勘文の定めたところで、當時神祇

の口授がみだれてゐた一證でもあるが、それによつてまた我々は熊野の勢力の內外に及ぼしたものや、他から見られた眼について興深いことも考へうる。この熊野に集中された信仰は、上は皇室から庶民に及んだが、南都北嶺に對しさらに一つの勢力をなす熊野を、南北に貫ぬくならば、十分な猛威を示し得たわけであらう。伊勢神宮が私幣を禁じたことは、熊野の隆盛となつた一因と云はれてゐる。

さて再び文政の緣起にかへるが、この話は觀音出現の話と、處女の丈長い髮の毛の話との二つで出來てゐる。この女性の髮のロマンスもかなりあちこちにあることで、いはれあると思はれる話の一つであるが、いつごろの創作かは分明でない。

文武天皇は淡海公の一女藤原宮子娘《みやこのいらつめ》を夫人とし、紀朝臣竈門娘《かまどのいらつめ》、石川朝臣刀子娘《とねのいらつめ》を妃とさる。他に妃嬪はおはしまさなかつたやうである。また道成寺を、文武天皇の敕願寺といふのも正史に誌さず、謠曲「道成寺」では證據とならぬわけだし寺傳以外に信ずべきものがない。文武天皇の朝の大臣は、左は多治比眞人島、右は阿部御主人、石上麿の三人で、道成といふ大臣はない。「紀氏系圖」にも道成といふ名はない。道成といふ名の人は續紀には二人あり、いづれも桓武天皇の朝の人で官祿低く私にかゝる大寺を創り得たとは見えない。この寺の文武天皇敕願と稱するのは、信長がのち平氏を稱へ、德川家康が出世して清和源氏をみだりに名のつたのと軌を一つにしてゐるものである。

しかし文武天皇敕願といふ傳說はもつと古くからある。「見聞談叢」卷二に、「世俗にいふ……道成寺の媱女僧安珍をしたひ來りてまとひし鐘」を、天正十六年五月中旬京都妙滿寺へ寄附した者があつたことをしるし、その鐘銘をうつしてゐる。「見聞談叢」の著述は櫻町天皇の元文のころと云はれる。弘賢は天保十二年の春に歿した人であるから百年ほどの隔りがあらうか、既に弘賢は道成寺の鐘の妙滿寺へ移つた時代も理由も不明と云つてゐる。見聞談叢の著者伊藤梅宇は伊藤仁齋の後配瀨崎氏の長子である、東涯の異母弟に當る。この鐘銘によれば鐘の出來たのは正平年間であるが、安珍清姫物語では、大體が醍醐天皇の御宇といふことにおちついてゐる。このことはあとにも云ふが、梅宇のころの世俗では安珍清姫の出たのは正平以後であつたと漠然と考へて疑ひをもたなかつたのであらう。しかし寶曆九年に開版された「道成寺鐘和解緣起」といふのは、どの程度世上に流布したものかわかりかねるが、別に原文あるものを和解した緣起である。その緣起の內容は、道成寺は文武天皇の敕願所なることをのべ、鐘は後村上天皇の正平年中に改鑄し給ひたるを、南北朝合戰の時とりて兵器とし、治平ののち天正年中洛陽の民地に採取し、妙滿寺に寄附した次第をしるしたものである。弘賢の如き人さへ知らなかつたが、「見聞談叢」の著述より少し後の時代に出た俗書の一つであらう。しかしこの著者もこの緣起を見なかつたと思はれる。

一般にむかしに出た本が、どの位に世の中にゆきわたつたかといふことは、つね〲知りたいことの一つである。單に洛陽の紙價を高めるといつた形容ではもう仕方ない。我々は古典を考へる場合でも、その流布狀態を知らないために、まだるい感じでものを思ふことが多いのである。しかしこれより古い時代でも清姫の炎といふのは比喩であるとして、物語は寓話であると考へた者も既にゐたのである。享保七年に似雲法師が「恐ろしな胸の思ひにふきかへりまとひし鐘も湯とやなりなん」といふ歌をつくつてゐる。この享保七年から十數年すれば元文となり、寶暦九年は元文より二十年目である。さてこの見聞談叢の文中の媱女といふのはあまりよい意味のことばではない。

その鐘銘は見聞談叢と句讀を異にしてゐるが、弘賢の方をひく。

聞二鐘聲一　智恵長　菩提生　煩惱輕、離二地獄一　出二火坑一　願成佛　度二衆生一　天長地久　御願圓滿、聖明齋二日月一叡算等二乾坤一、八方歌二有道之君一　四海樂二無爲之化一

紀伊州日高郡八田庄、文武天皇敕願道成寺冶鑄鐘、勸進比丘瑞光、別當法眼定秀

檀那源萬壽丸、幷吉田源賴秀　合力諸檀男女

大工山田道願　小工大夫守長

正平十四年己亥三月十一日

この正平十四年といふ年は、その先年の五月に尊氏五十四歳で死し、十月は新田義興公が武藏矢口渡で誘殺された。又我國の邊民が高麗を侵したのもこの十三年で、十四年には全羅道追捕使と鬪つてゐる。三月には懷良親王が、菊池武時公の一族を率ゐて九州の賊、畠山少貳らを破つてをられる。當時の少貳は自家の祖と稱してゐる今日の名家の中には佐賀の鍋島があり、同じ九州の大名のうち現在の有馬は同じく賊軍第一の巨魁だつた赤松の支脈と稱してゐる。この正平十四年は、後光嚴院の僞朝では延文といふ年號を私稱しその四年に當つてゐる。この年の師走には賊軍足利義詮吉野に逼り、後村上天皇は觀心寺に行

幸になられてゐる。なほ現在寺には本堂屋根に在つたといふ天授四年在銘の鬼瓦に、「一方大檀那吉田源藏人頼秀三男源金毘羅丸」と在銘のもの二枚藏されてゐる。鐘銘の人の子である。

さらに文武天皇敕願寺といふ稱は、「南紀名勝略志」にあり、同書では本尊十一面觀音竝びに日光月光四天王は各聖徳太子の作の由とある。しかし文武天皇大寶年中紀大臣道成の奉行して草創したといふ説は慥かならずとしてゐる。又縁起二卷を傳へその畫は土佐氏の祖宗の描き、書は後小松天皇の宸翰と稱へるものがあつた由を語り書體を一見したが、敕筆に非ずと云つてゐる。この本は「熊野遊記」の説をひいてゐるが、それによれば、本尊は千手觀音と稱し、文武天皇の朝慶雲年間紀大臣道成の草創と云ふ。この遊記は今より百七十年餘り以前後桃園天皇の安永三年の上梓で北圃《きたばたけ》恭の作である。北圃恭は紀州の人、江戸の書肆須原屋の主人茂兵衞のことでないかと云はれてゐる。茂兵衞は千鐘書房と稱し恪齋と號した、代々書賈を以て業としてゐた。江戸の商賈の主であつた遊記の著者は九海士の漁人が海より網で拾つた由を云つてゐるが、なほ文武天皇の皇嬪のことは述べてゐない、しかし鐘捲の縁起は醍醐天皇の時と云つてゐる。

安珍清姫の鐘捲の由來についてはあとでかくつもりであるが、物語や文學の源流となる材料は、思ひがけない方々から集まるものであつて、それには案外な旅行家であつた當時のインテリゲンチヤのことを考へねばならぬと思ふ。案外のところへ案外のところのものの移つてゐるやうなことも、久しい年代を考へ、その間の旅行者だつたインテリゲンチヤのことを考へると、さして不思議でない。旅行といふことは、インテリゲンチヤの發生と流布とその支配力の原因であり、あるひはそれ自體であつた。我々は鎖國時代ののちゆゑに、國外への旅は勿論國內の旅行さへ何か異常のことと思ふ習慣があるが、むかしの知識人はもつと我々が思ひやる以上の困窮を耐へて、旅を生活としたものであらうし、今我々に事實以上の幻影と壓迫となつてゐる德川政權の鎖國時代の思ひ出が殘つてなければ、外國旅行の如きも、當時の方が今思ふより手易かつたのでないか、旅は特定の人種のものだつたからさうも思はれる、さうして思ひがけないやうな遠方からきた旅の成果があの古い時代に手易いものとしてあつたのではないかと考へられる。

しかし旅びとや、そのインテリゲンツの發想については、我々は何か一貫したものを考へねば事を理解し難い。さういふ大本のイデオロギーに結ばれる形で我國の文化は移動し、複合され、又組織されたことがわかるのである。昔の旅人がある志をもち、旅をわびしくうきものと感じ表現したことと、この一貫する發想の根柢となつた志は同じ血のものであつたと、大體わかつてきたのである。それは文藝の大本にある日本と云つても、文藝と民衆の間に除外できないものとしての宮廷と云つてもよい。

さて熊野遊記の記事でも、のち文政元年の回向院開帳の時の寺院發行の緣起とは少し異つてゐた。もつとも同じ年の開帳に發行された鐘捲由來でも安珍を安鎭と書いてある。寺の緣起では一海士が水にもぐつて獲たとあるが「遊記」は網で得てゐる。それにしても九海士を九人合せて王子に祀つたといふことは、別にわけのあることかも知れないが今日詳かにしない。

なほ「略志」にのべてゐる上宮太子作の由として傳はる十一面觀音は、等身のものであるが、貞觀の古式を殘し佳作であり、既に國寶に編入されてゐる。又同じく四天王も古色を殘した作で今の寺傳には弘仁以前とあるが、これは鎌倉に近いものの如く思はれる、いづれも國寶である。さらに同寺の古瓦中には、往昔の塔中遺跡より出土したと稱する天平式と思はれるものがあり、木彫光背の中にも古色佳しい作が二三殘つてゐる。この天平古瓦が同寺よりの出土とすれば、今や最も古い同寺の徵證といふべきである。

今の道成寺では文政の緣起による九海士の姫の像と稱するものをしかるべき名で呼んで祕佛本尊の傍に安置してゐる。東京の某といふ人形師の藝術團體がその姫の像を作つてゐたことは、まへにも見たことであつた。この緣起は帝室と關係をつけてゐる點で、今は安珍淸姫より大切ですと寺では云ふのであらう。古い時代のこととは云へ、かういふ緣起が恣意に作られてゐることについて、さしあたつて私は云々するのではない。さういふ點でもつと憂ふべき現象の方が、現代の生活の中でより澤山行はれてゐて、その名分を正すことの方がさしあたり必要と思はれる點も多いからである。それゆゑかういふほゝゑましい人工について何か腹に据ゑた口をきかうとする考へは全然ない。

しかしこの髮の長い海士の娘の出世する傳說よりも、安珍淸姫の方が、はるかに重要なものであり、それが四方に流布され小說となり劇となつたことも理由があつた、その重要で大切なといふことわりについては、日本の氣持と約束にかなつたものであるといふことについて、もつとていねいに語らうと思ふ。

安珍清姫の鐘捲の物語の記録とその變遷については、さきに云つた屋代弘賢が、その大筋と骨組を調べた。その以後に加はつてゐるものもないやうに見える。現に清姫傳説は本地では今でも民話として行はれてゐるが、それらについての克明な調査の有無も私は知らないのである。

二

熊野の本宮から本宮の湯の町などをへて山のみちを下り、中邊路《なかへち》と云つてゐる街道を通ると、瀧尻王子の近所に清姫塚といふのが殘つてゐる。ところは由緒の栗栖川村眞砂である。この瀧尻王子は、熊野九十九王子の一つであるが、境内には熊野御幸の砌御宿所となつた建物を殘してゐる。後鳥羽院の建仁の御幸にもこゝで雅會が設けられ、世に云ふ熊野切はさういふときの作であつた。藤原秀衡の熊野詣のとき、妻がこの里で三郎忠衡を産んだところ、どこからともなくあらはれた雌狼が、取り殘された三郎に乳を與へたといふ傳説のある乳岩といふ奇岩も近くにあつた。狼といふ動物は我國にはゐなかつたとも云ふが、この族の動物ではまゝ獲物にするために捉へてきた生物を食ひ殘すことがあつて、さうして殘した他動物の嬰兒を間違つて養つてゐることもあると、外國の話で聞いたことがあるから、我國でもそれに類したことが、無かつたわけでもないと思はれる。しかしこれは東國の人の熊野詣をあらはした話の一つだが、むかしの修驗道の山伏が、同行の病者をすて、行つたといふ、谷行《たにかう》の法に似てゐるところもある。あの山の眼下に樹海の起伏を限りなく見て通るみちには、もつと無數の傳說が殘されてゐた。

ところでこの清姬塚はいつごろに出來たものか、そのさき安珍や清姬、それと眞砂の庄司の女といつたものはいつごろに世にあらはれたものであらうか。文書に誌された道成寺傳說の初めにはまだそれらの名がないのである。淸姬塚の近くには淸姬が每夜ひそかに水を浴びたといふ淸姬淵がある。富田川の一つの淵で、そこで蛇身になつたといふのは、少し近世の鐘捲緣起ともちがつたフォルクローアである。この富田川は大鰻の生棲することで有名であり、今はそれが天然記念物となつてゐる。

さて文學が源流に遡るときの立場といふのは、書き殘されたものばかりではたよりないし、又口づたへのまゝのものでも不安定である。かういふ氣持から私は、本質的な發想とか、ヂヤーナリズムとか、あるひは重なりあつた表現意識といふものを、改まつてものに描かれるまへの瞬間にまでかへし得たら大へん都合よいと思つてゐた。具體的に云つたなら、初めから概念によつて日高川傳說の類似物を求めても仕方ない。日本の神代にも、女性が出、蛇性が出、女が男を追つてゆくといつた話はあらうし、外國にもそれは共通素材として現存してゐる。さういふものを集成する努力は、永久な眞理でなく、ある一時代のイデオロギーだつたのである。この事情は今はよく理解されてもよい、しかしさういふイデオロギーと、同じに反對のイデオロギーも、相寄つてものの源を正すみちをつけるものだが、今日までの我々の信念では、現狀のまゝでは、片よつてゐるいづれの方もそのまゝの眞理とは云へない。兩者の中庸といふのはよいにちがひないが、それさへ眞理といへないほどに我々の智慧はまだ淺いのである。

私の考へたいことは、日高川傳説の原型をある極限の原始要素にまでくだかうとする土俗に關する學問では勿論ないし、日高川の清姫が、例へもとは清姫といふ名さへ與へられてゐなくともよいが、ともかくのちに清姫といはれる女性が、どんな地位を日本の上代からの女性史に於て象徴してゐたか、それから彼女が日本人のいろ〳〵の考へ方の發展の上でどんなに働き又どんな作用をしたか、またそれと反對に清姫の物語は時代の趣好や人心の趣向からどんなに變化させられたか、などといつたことについてである。これは歴史の考へ方といつてもよい。しかしさういふところから、私は文學のことを、その發展といふ點から考へたいのである。

徳川時代の儒學者の間には、天照大神が女神にまし〳〵たことを否定し、男神であることを主張した者があつた。これは儒教を主旨とした倫理觀からさういふ理窟になるのであるが、天照皇太神が女神にましますのは疑ひないことで、我々の遠御祖たちは、さうした女神が高天原の中心として宇宙を主宰遊ばしたことを深く信じてゐたのである。たゞ大神には配する男神といふのがない、いはゞひとりがみであらせられた。この清淨な神祕からいへば、女神といふときの女を、男に對する女、女に對する男といふ、今の人の性を考へる形で考へてはものを間違ふもととなる。儒教の人たちが、ひとりがみとしての女神の意味を理解し難かつたわけは、そこにあつた。それは又わが上代の母系制度の思想的反映と云つて、すませてよいものではない。何となればさういふ斷定は二つの假設の上に立つものだからである。その一つは神の代と人間がものを考へた日の間の距離についてもつ假設、その二つは古代の人の考へた日と今日の我々の考への起る日との間に對しての假設、さうして文藝の發展の法則を考へるものの努力は、發生をさぐることでなく、この假設となつてゐる期間を、文藝の發展してきた證據を踏んで明らめることにあつた。

わが上代の女性のもつてゐた、ある神代のものに似た激情の表現様式を、清姫に考へることは決して無理でなかつたのである。清姫の殘し傳へた性格といふものは、最も古い時代の日本の女性の性格に似てゐるのである。しかし彼女の物語として今傳へられるものは、佛說によつて書き加へられて以後のものであり、それが次第に時代のイデオロギーによつて新解釋をつけ加へられて、今にさま〴〵の清姫として殘つてゐるわけであるが、今日ある清姫物語の文書上の原則である「法華經驗記」以前にも、蛇になつて男を追ひ、炎と爲つて對手を燒き殺した處女の物語はあつた筈である。私はだからこの物語を日高川といふ傳說の様式として假定し、人が蛇に化すといつた傳說形式の一つとして考へる代りに、文藝の上で千年に亙る清姫の描き出された運命の方から考へてみたいのである。

一體高天原の神々にあらはされた女性や當時の中つ國と云ふ地上國の女性の性質を見ても、今の女性とは非常に異つてゐた。日本上代の女性は、ロマンチツクで、一面勇壯活潑とも云ふべく、その上男性に劣らず聰明だつた。諾册二尊が天の御柱を廻つて婚姻を結ばれたときには、まづ女神の方から先にことばを發せられ、蛭子と淡島が生れたと傳へてある。しかしこれらの御子は「吾が生める子にふさはず」と思はれ、天つ神のみもとへおたづねになつたら、太卜《ふとまに》に卜《うら》へて女神がさきに申されたのがいけないといふことがわかつた。それで改めて御柱を廻りこんどは男神の方から「あな美哉《にやしえ》乙女」と申されたといふことがそのあとに續いて出てゐる。さらにこの女神の夜見國での活躍を見れば一そうよくわかる。かうしたことは女性が勇氣をもつてゐた風の一つのあらはれである。しかしそれよりさらに立派な例は、素戔嗚尊が天上されるとき、天照大神が高天原の武備をとゝのへられるさまをのべた古事記の文章である。これは實に日本の數多い文學中での名文と私はつね〴〵思ふものである。また「古語拾遺」にはあの天鈿女命のことを强悍猛固と全く男子に與へるやうな形容詞で書かれてゐる。

出雲の神さまの中では大國主命の嫡后であつた須勢理毘賣《すせりひめ》など最も賢明な方であつた。大國主命の一代の出來ごとの大方の主役は、むしろこの嫡后がなされてゐた程であつた。さうして記の上卷の中でも最も活躍してゐられる御方である。しかしこの御方はかしこい理性をもつて命の無數の危難を限りなく救はれたが、命がのちに越の國の沼河日賣《ぬなかはひめ》のもとに行かれたときは大さう嫉妬せられたと古事記に出てゐる。「八千矛《やちほこ》の、神の命や、吾が大國主、汝こそは、男《を》にいませば、打ち見る、島の埼々、掻き見る、磯の埼落ちず、若草の、嬬持たせらめ、吾はもよ、女《め》にしあれば、汝を除《き》て、男は無し、汝を除て、夫《つま》は無し……」云々といふ長歌をつくられた。この歌は大へんよい歌であるが、又恐らく當時の生活も示してゐると思ふ。上代の女性はかしこく强くよく働いて男子の仕事をたすけたが、さういふえらい女性たちがどういふ風に嫉妬したかといふことから、當時の家族の觀念もわかるのである。さうしてこの歌はかしこい女性のやさしさや女らしさをよく示してゐる歌である。命の危難の數々を智慧の働きと豫見によつて救はれた賢い須勢理毘賣の前半の事蹟を考へてから味つてみたら、一そうそのかしこい人の女らしさのよくわかる歌である。

　さういつた賢しい女性はいくらもある、神武天皇の皇后伊須氣余理比賣の場合にしても、天皇の崩御後、建國間もない日本の土臺を築く上でこの皇后はずゐ分大膽な理性でものごとを斷行せられた。さうしてこの皇后ののちに、三輪の神樣の一族の血統が皇室によつてさかえる端緒をつくられたのである。しかもこの三輪の一族は皇室の外戚として日本が大陸經營に着手するまでの期間の國内經營時代に大さうさかえてゐたのである。さらに歷史が一そう明らかになつたころの神功皇后の御事蹟などを考へると、昨今の時局に心憂ひてゐる我々はかゝる古代の御方の片鱗でも、今の世にぜひ再びあらはれていたゞきたいと思ふばかりの女性であつた。この皇后には、私がまへに「戴冠詩人の御一人者」の中でていねいに申したことだが、民族の歷史の精神が、特異な血の叡智であらはれたのである。記紀のころの歷史家は「神より給へり」と記述してゐるが、皇后の三韓征伐の決斷は、そのころの人にも專ら神憑りの如く見えたと思はれる。何となれば當時仲哀天皇が時代を指導する智慧で考へられたことは、わが國の神のおぼしめしでなかつたといふやうに日本紀の撰者は云つてゐる。しかし日本紀の撰者にもこの親征の意味は合理的に云へなかつたのであらう。彼らは結果から合理的に解釋する歷史學に最後までついてゆけないと思つた、これは大へんよいことを私共に教へるのである。ここで神より給へりといつてゐるのは、大へんなことで、それが結果からは歴史の法則といへるとしても、しかしその時に臨んでは、かういふ形でしか云へなかつたのである。天皇の方はもつとはつきりした國内外の情勢から事の決斷を考へてゐられたのである。しかしさうした智慧とは別のところに、我國の神の智慧の流れがあるといふことが、こゝで語られてゐる。これはゆゝしいことであるし、あまりにも重大なことである。後世に於てもなほよく說をなし得ない。しかし三韓征伐が、わが國のみちであつたといふことは、今ではどうしても否定できない、さうしてさういふみちを教へたのは、最高な時代の知識である。日本の神が、皇后の上にあらはれて教へられた。このときは神が名のりさへされたのである。さうしてこの神たちは、そのことを教へるために初めてあらはれた神だと申されたとある。また日本武尊の御姨の倭姬命も、賢明な方であつた。この倭姬命は又美しい方だつたといふことが、神道の方では最も大切な本の一つになつてゐる「倭姬命世記」の中に出てゐる。伊勢の齋宮の初めの方で、この齋宮の神祕的でロマンチツクな印象は日本の文藝にいくらかのかゝはりがある。大津皇子のときの大伯皇女にしても、皇子の決意に對して無言の關係があると私は見るのである。中世になるともう美の方の神祕な力だけをもたれたものであらうが、その中世の宮廷文化時代にも日本の女性は決して墮落してゐなかつたのである。日本武尊のやうな勇壯な方が、東征の決意をもたれたのは、この倭姬命の力づけと勵しの結果であつた。尊は姬に氣持のためらひを訴へるために伊勢へ行かれたと記には誌されてゐる。さうして尊は姬に教はつた軍略によつて危機を好轉させられたことであつた。

しかも日本武尊がかつて征伐された九州の地方の風土記をみると、そこにゐた土蜘蛛の首領は大體女性であつた。だから日本武尊が女裝されたことも、必ずしも今の眼で見て女は弱くやさしいばかりのものとは云へない。上代の日本女性は今の日本の女とはちがつて、つよくやさしくしかも理性的だつたのである。今日の感じ方で、最もつよい男子が女子のよそほひをしたといふのとは少々異つてゐたと思はれる。

さういふ上代の女性の性質の中で、ロマンチックなものは、多く意志と別な秩序と統制をもつた神祕な激情の論理となつてあらはれた。日本の固有の神道といつてゐるものの體系の中の智慧の論理には、さうしたものが十分に有力だつたといふことは、近代の學者も云つてゐるところである。しかしさういふ智慧の源ともなつた性質が神々のものから人の世の方へと移り變つてくる狀態は、古事記の物語の中にも時々寫されてゐる。殆ど今の歷史常識からは、皇室の歷史とも無關係と思はれるエピソードが出し拔けに出てくるやうなときに、それが十分に何かの歷史を描いて、ものの來由をといてゐることは、この本の出來た時代の文明の高さを今の場合として考へる上で、十分に我々の智慧を反省したいと思ふことである、さういふ神祕といふのは、ある神がかりの智慧と云つてもよいかもしれぬ。さういふものが神々の領域を去つて民族の血に傳る叡智として本能の中へ入り、それが何かのとき濃厚な人生にあらはれるころに、仁德天皇の石之日賣《いはのひめ》皇后の場合のやうな激しい感情が、もう小說界のものとして描き出されるやうになるわけだ。この物語はさういふ點

で重要なある劃期のものと云はねばならぬ。この皇后は萬葉集の中に、

　かくばかり戀ひつゝあらずは高山の磐根し枕《ま》きて死なましものを

といふ名歌をはじめ四首の歌を殘されてゐるが、古事記下卷の仁德天皇の條はこの場合こゝで引敍できないから、ぜひ一讀してもらひたい。かつて紫式部は日本紀をよく知ると讃められたといふが、古事記をよく知つてゐるとでも云つて讃めるにふさはしく、上代の女性をその作中に描き出した我國の最大の國民詩人は近松門左衞門であつた。今日のやうに國民文學の論議の行はれる日、なほ近松の文藝が義理人情の遊里文學視して放棄されてゐることは、今人の不明と云ふべきであらう。我々は今や我々のアジアの祖先と子孫への責任と義務に於て、シエクスピアを越えての上に近松をもたねばならぬのである。

　さて近松がひき出されてくるなら、もうあまり突然でもなく、清姫の地位は大分に我々の歴史の中樞へ近づいてゐるし、その手段が手輕につくのである。しかし近松の國民詩人としての偉大さや、彼の描いた女性について云ふことは、しばらくの機會にしたい。しかし初めにも云うたが清姫にあらはれてゐる神がかりの激情を、佛說の以前の土俗に還元してみるなら、この話は古事記の中にあつても不思議はなく、現に若干の類似したものは、記紀に記述せられてゐるのである。神がかりと呪詛と嫉妬と、それが古い原型であつた。神々の嫉妬については、世俗の困難のためこゝであらはに云はないだけである。

　この清姫の物語が、謠曲道成寺として出來上つたころを一つの段階として、江戸市井の都會文學に入る前後のころは十分文藝の學問からは問題があつた。神の世界の話としてで

なく、その感覺だけが人間界の小說として、一步〳〵進んでゆくさまは、實に興味に於てくらべるものがない、たとへばこゝで云ふ謠曲にしても、二三を除いては文藝としては低級なものであるが、その創作に於て神と人の二つの世界をつなぐ力の設定によつて、ものの來歷を說いてゐるところは素朴ながらにもある文明段階に於て必要なものを暗示してゐる。まさに日本の傳承と傳統と知識と思想に關した一大百科全書的國民文學の一つといふべきであらう。多分に佛教の影響によつて批判と統一をなしてゐるが、そこに流れてゐる脈々とした日本主義的自覺を見逃してはならぬ。足利時代は一面に於ては皇朝に對する自覺の勃興した時代だつた。

ところでこの文藝が神話から小說へ移る文明の狀態の各段階についての考察は、今までのところ、神のものを人間の生活樣式で改編しようとする土俗の學問に比しては、全然手をつけられてゐないやうである。我々の文藝學といふものが不完全な模倣と飜案にすぎず、さういふ飜案の場合は、原物に於て材料をほぐしたり組んだりした操作過程も、その時の材料も、殆どわからぬから、肝要の眼目で海彼文藝學は學び難いうらみがあつた。

神の世界にあつた最も神らしい噺が、時代の長い間をだん〳〵に、あるひは意識の中の一瞬の間に文藝となつて、人間の小說へ下りてくるありさまは興味ふかい。しかもこの期間は神代上古といつた區分で分つやうに長い年月が必要といふわけでもない。だから我々が偶然にその面白さを發見した「朝來考」といふやうな本にしても、これは文化四年の上梓で、當時の考證家村田了阿の戲撰だらうといふが、潮來出島の俗謠を、皇漢の古典と神佛兩道の原典から考證したもので、これなど當時の古學の流行に對しての皮肉か追蹤か、或ひはさういふ國學考證學の爛熟した形式を示すものか一寸はかり難いが、かういふ戲撰の方が、けり子かも子の「浮世風呂」の古學問答よりは、風俗描寫としてもまた皮肉としても、深いものがあり、さらに單なる皮肉や諷刺に終らずして、のち〳〵の何かの成長に對する思ひがけないヒントがあるわけである。戲作是非の論議はさういふ點でかなりめんだうだつたわけだし、批評が俗習の打倒をなしたのちに始るものについても、決してきのふの文藝批評家が云つたほど簡單なしくみのものでない。化政の文人が、けり子かも子だけをかいてゐたものなら仕方ないが、同じ時代の人が朝來考をも書いてゐたとなると、もう批評と戲作の關係とか、文化上の破壞と建設の關係といつたことは、簡單にすまされぬこととなる。

朝來考のゆき方を反對に流したやうな學問の方は、當節では極めて高尚に扱はれてゐるわけだから、ものの來由來歷を考へる人間の考へ方の一つとしては、當然朝來考も權利を主張し得るわけである。記紀や萬葉集、あるひは風土記にかゝれてゐる說話よりなほ古いものが、同じ昔のまゝの生命と形態を以て殘つてゐるといふことは、どの程度信じてよいことか。あるひは東アジアの內陸にシヤーマン文化の生きた遺物が發見されたとしても、それにくひついて記紀以前を照明できるとは一寸私には信じられない。さういふことの第一の前提となるべき歷史以前の交通路が決して今でも明らかになつてゐない、古代の古代のといふ方ばかりがむりに照し出されて、中間の歷史的闇はあまりにもくらく、その間に今日の知識で間にあふ時間的な交通路さへよく通じてゐないやうである。

清姫の物語などは歴史時代に亙つてほゞ千年の間、はつきりした文藝上のみちと證據をもつてゐる。これは非常に都合もよい。さうした點では浦島子傳説と匹敵するが、浦島子の方は出かたが書紀のやうな敕撰の國史や、萬葉集のやうな、あるひは丹後國風土記などといふ堂々たる古典に登場し、近世でもなほ大近松の作に二度も活躍してゐる、清姫の方はそれに比してはやゝ見おとりがするが、謠曲「道成寺」を機縁として、江戸文藝の時代に入ると、近世日本文藝の中樞となつて了つた。さきにも云つたが寶暦三年に出た「京鹿子娘道成寺」など、いはば江戸文藝の華である。さうして上代から中古を傳はつて、まだ能樂では鬼女面の如き形でシムボルされてゐた女性の神祕的な闇の性格や、さらに佛教の影響によつて惡魔的に怖れられた女性の神がかりの昂奮も、やうやく江戸期の清姫によつて艷麗な人間界の女性美とされた。何々道成寺といふ形であらはれた遊里の謠ひものが、ゝつた作品はいくつあるか一寸數へ難いが、そこでは傳統的に考へられてきた女性の怖ろしい魔力を、造作なく女性美として了ひ一つの女の魅力とまでに扱つて了つた市民生活の一種強い浮世繪世界を見逃してはならぬのである。それは佛教が女の怖ろしさを教へるまへから、具體的に上古の女性の中にあつた嫉妬やヒステリーや情熱や神がかりなど、あるひは女の强さとか、かしこさやえらさについて、私は特に初めの方で舌足らずの云ひまはしで云つておいた筈である。さうしてかうして江戸の狹斜に生れた清姫ものに、近松の場合とも異つたもの、市場の冒險とかけひきによつて鍛へられてきた男たちの現實感の現れが、物語のロマンチシズムの背景や陰影にあることをさとるべきだ。我々は娼家に人となつた女たちのみがかれた人情を、かうして古代のものに考へようとしたのである。

道成寺傳說の最も古い文書は「大日本國法華經驗記」にある。この本は大日本國とあるやうに、支那にあつた法華經驗記に模して作られたものであらう。後朱雀院の長久元年（一七〇〇）首楞嚴院の僧鎭源の撰したものでしかも刊行されたのは近世に入つた享保二年といふから、その間に六百年の間がある。この本の巻下に「第百廿九紀伊國牟婁郡惡女」といふ章の物語によると、淸姬の代りに女は寡婦として描かれてゐる。つまり文書に誌された範圍では道成寺物語の最も古い主人公は處女でなく寡婦であつた。この寡婦が處女にかへられるのは足利時代に入つてからである。

二人の僧が熊野に詣でるために、牟婁郡の路邊のある宅に宿を借りた。僧の一人は老いて、一人は若く美しかつた。その家の主人は寡婦であつたが、兩三の下女を以てねんごろにもてなした。ところが夜半になつてこの家の主の寡婦は若僧の臥してゐるところへきて、衣を覆つて語るのに、自分の家では昔から他人を宿したことはないが、今夜二人を泊めたのは、始め見たときから交臥の志があつたからだと云ふ。僧は驚いて起き上り意に從へないことをいろ〳〵いふが、女はきゝ入れない。通夜抱僧擾亂戲笑とあるが、ともかく熊野へ詣つてくる間はいけないと云つて、話の如くに約束して僅かに遁れ出た。勿論歸りにも待つてゐる女の許へは立ち寄らない。女は往還に出て通行の僧にこれ〳〵の衣をきた僧はと云つてきくと、すでに三日もまへに立ち去つた由がわかつた。女は瞋つて家に歸りやがて五尋の大毒蛇となつて僧を追つかける。さきの僧は人からこの大蛇の走つていつた話をき、それは女が蛇となつて自分を追つかけてきたものであらうとさとつたので、道成寺へ驅け込んで救ひを求めた。寺では僧を大鐘の中へ入れ、堂門をとざして了つた。ところへ大蛇は追つてきて、堂の廻りを一兩度圍つてゐたが、忽ち尾を以て數百遍扉を叩くと、さすがの扉も破れて了つた。それから堂内に入り大鐘をとり巻いて尾で龍頭を兩三度叩いた。寺僧があちこちの窓から驚き眺めてゐると、毒蛇は兩眼から血涙を流し、頸をあげ舌を動かして本坊の方へ去つた。そこで鐘を見ると毒蛇のために燒かれて近よれない、水をかけて冷して見ると僧は悉く燒盡してゐて骸骨さへ殘つてゐなかつた。それから數日した日に寺の一臈の老僧の夢に前の大蛇があらはれ、自分は鐘の中へかくまはれた僧だが、惡女のために其の夫とされてゐる、修業の中途だつたので、妙法を以て勝利することも出來ない、何卒法華經如來壽量品を書寫して、我ら二蛇の苦を拔いてほしいと懇願した。そこで老僧は彼らのために供養すると、その夜の夢に一僧一女があらはれ、面貌によろこびを浮べて、二人の救はれたことを告げ、女は忉利天へ男は兜率天へと、別々に虚空に向つてとび去つた。これが大體法華經驗記にいふところで、僧の名も女の名も時代も何ら語られてゐない。

「今昔物語」では第十四に「紀伊國道成寺僧寫㆓法華㆒救㆑蛇語」といふ題で出てゐる。今昔物語は宇治大納言隆國の筆といはれ、この卿は白河院の御代承保四年に七十四歳で薨じたから、鎭源より少し後のことである。屋代弘賢は法華經驗記によられたものと見えると云つてゐる。始め熊野に參る二人の僧が、若く美しい寡婦の家に宿をかるところから始り、夜中に婦が若い僧の寢所を驚し、終りに到つて供養のところまで敍述形容も大體同じやうに描かれてゐる。さきに法華經驗記の原文をひいたところを、今昔物語では、「終夜僧ヲ抱テ擾亂シテ戲ルト云ヘドモ」といふ風に、大體かうした形で原文の漢文を和文に改めたものにすぎぬと思へるほどによく似てゐる。たゞ法華經驗記の方では瞋つて女が家に歸つてのち、「打レ手大瞋、還レ家入ニ隔舍一籠居無レ音、即成ニ五尋大毒蛇身一」とあるところを、今昔物語では、「大ニ瞋リテ家ニ返テ寢屋ニ籠居ス、音セズシテ暫ク有テ即チ死ス、家ノ從女等此レヲ見テ泣キ悲ム程ニ、五尋許ノ毒蛇忽ニ寢屋ヨリ出ヌ」といふ風に納得するやうに技巧されてゐるし、又さきの同行の老僧と一緒にかくれてゐて、若い僧が灰ばかりになつたのを見てから、泣悲んで歸つて行つたと云つてゐる。しかしその後の供養から法華經の功德をとくところは又同じであつて、物語については同一のものである。

この二つの話の中で、若い僧が生前も法華經を持してゐたが、修業到らずして、其の功德で惡を退け得なかつたことを、老僧の夢の中で訴へてゐるのはあとでも出てくる寺の緣起の系統と信仰上の考へ方で異つてゐるから一寸注意しておきたい。しかし物語の方も次第に少しづゝ變化してくる。後醍醐天皇の元亨二年に虎關禪師の撰して上つた元亨釋書には卷十九にこの物語が出、そこで僧の名が初めて釋安珍といひ鞍馬寺に住してゐたとの由が見える。その他の記述はたゞ形容が大同小異といふべきにすぎない。蛇尾で龍頭をうつたら火が出たといふところを、前二書と別に説明してゐること、及び老僧の夢に出てきて供養をたのむのに、初めより二蛇そろつてあらはれるところがや丶異つてゐるわけである。

これら足利時代以前にあらはれてゐる三つの物語ではやうやく安珍といふ名が出てくるだけで、時代もなければ、眞砂庄司清次もその娘の清姫もまだ出てこない。大體文藝の小說といふものは、この世にあることを描くが、又話をつくるものである。この考へ方は近代の小說といふものについての反省と方法論が初めてされた時からの公道となつてゐる。だから昔は道成寺のヒロインが寡婦であり、のちに娘となつたことを一應考へてみることは、今の眼から見ても少しも無意味でない。道成寺のヒロインを寡婦だとした物語を、わざわざ娘に變へたのは、時代的に足利時代の文藝觀の技巧の結果だつたといふことはわかつたのである。さうしたとき我々はそれが偶然にさうなつたといふ考へ方をしないのである。今昔物語の作者が法華經驗記を和解してゐる間に、寡婦が蛇身となるところで、つけ加へて說明を附さねばならなかつたいきさつはさきにも云つたが、又道づれの僧の運命をかきとめる要求を感じたといふのも同じ心持のあらはれで、それ以上に寡婦を娘に變へるためには、何か深い心理と人情のその時代の要求があつたと考へねばならない。

風習や男女の間の道德觀の異つてゐた昔に於て、寡婦であつても、娘であつてもさして問題はないかも知れぬ。昔は娘と女の區別については今ほど口やかましくなかつた、最も古い古典では既婚の女ををとめと呼んでゐるが、本居宣長は古今女は若く美しいのを喜んだからであると云つた。しかしまだ男を知らぬ處女であるか、あるひは何もかも知つた寡婦であつたかは、近世の文藝の感覺では異つてゐる。神道の方の神祕と、佛說のいふ惡障の女は、大ざつぱに對象を見れば一寸似てゐるかもしれないが描くときに異るのである。寡婦といふ中古の原型の方が面白いといふやうに、今の人は現實感から考へるかもしれない。しかしこれは足利時代の文人が云ひかへたやうに、向うみずな少女のヒステリーとする方がもつと清艶なものとなる。江戸の遊里で道成寺の流行したのは、本質的にあゝした女の性格がもと〳〵の童女にあるといふことにあつたと思はれる。眼を開かれた女體の情熱といふよりも、女がもと〳〵もつて生れた感覺といふ方が狹斜の女性にも、亦その往還者にも切なかつたのであらう。江戸の狹斜で訓練された愛情の構圖では、さうした清姫めいたものが尊ばれたやうである。それは今の自然主義亞流の文學の愛慾觀のやうなあくどい下品でなかつた。これはさういふものの先蹤となつた西鶴を見てもよい。西鶴を自然主義文學觀から救ひ出すことは、世の中が太平になつたときに我々のすべきことの一つである。しかし清姫で示された文藝感覺を平安朝の相聞歌の愛情などに比べるとやはり淺い感じがする。ともかく寡婦の代りに清姫を登場させたのはよかつた。それによつて性格的に純粹になるのは云ふ迄もないことであつて、文藝としてもロマンチツクになつた。純粹でロマンチツクなものの方が、生々しい血の通つたものを思はせるのである。さうしてこの物語の主人公が少女として描かれたとき清姫といふ少女は、彼女の知らない長い代を傳へてきた女の血で驅り、蛇身となつたとしても少しも不思議でなくなる。

しかし中古の物語から清姫といふ娘が道成寺のヒロインとなるまへに、私は「道成寺繪詞」を登場させておく方がよいと思ふ。この繪詞といふのは「續羣書類從」に收められてゐる。首尾を失つてゐて、興味の多さうな初めのいきさつのよくわからぬのが殘念だが、この物語に出る姫君は、さきの寡婦とも後の清姫とも少し異つてゐる。「この姫君十六になり侍るに」といふところから殘つてゐて、父を尋ねて都にのぼり、やよひの十七日夜清水寺で賢學といふ僧にあふのが發端となつてゐる。この姫は數奇の運命の主らしく、賢學といつか親しくなつてからした話に、十にもならぬころに乳母にいだかれ、まがきの花を愛してゐたとき、修業者のやうなものが自らの身をかいして逃げたといふ話をきいてゐるが、夢のやうでもあり定かにはわからぬといふと「さてはたがふところなし、とにかくにのがれざりける契なりけりと、かつはふしぎに又はあさましくてありし夢のことどもしかぐくとかたりけるに、女もいとゞ契もふかくおもひける」云々とあつて、多分初めの方で相當の分が缺けてゐるらしく、話の筋がつきにくいけれど想像の餘地は十分だ。それに續いて、「後におもひあはするにも夢をうたがひてはるぐくとくだりしもかやうに侍らん、すくせなりと身ながらもおろかにおぼえて、たゞかへりて夢をうつゝもおなじはかなさとうちあんじ侍りけり」とあつて、繪につゞく、この繪の行方は判らない。

この賢學が姫とのわりなき仲をどうして煩惱を切らねばならぬと思ひ出したかは繪詞だけで知り得ないが、ともかくさうした氣持になるやうな社會の風潮の時代の話であると考へておくのが正しいと思ふ。この賢學といふ僧は相當の年配のやうに描かれてゐる。さてあれこれと女を云ひふくめ逃れ出して修業に出ると、まづ那智に參つた。そこで瀧にうたれてゐると、まぼろしに女のうらむ面影が見え、七日瀧にうたれて修業を重ねてもなほ影のやうにその面影が離れない、みち〳〵も影は追つてくる。日高川にきて舟にのらうとすると、後よりさだかに女の聲で叫ぶ「なさけなし我をも舟にのせ給へ、つかの間もはなるまじき物を、なにとてうちすてさせ給候ぞや。野くれ山くれこれまでまいりたるこゝろをば、いかばかりの事とおぼしめしてかやうになさけなくし給ふぞや、（繪）いづくまでにて御急候ぞや、いまはいかににげさせ給ふとものがしまいらすまじきなる、いとけなきいにしへなにのひがごともなきにかいし給ひしうへは、いますてたまひ候はば其時すて給ひ候へかし。かいし給ふほどのこゝろよりのがれぬ契りはおぼさずや。おろかの人や、舟人もうけや〳〵、御坊もにげばにげよ、やり申まじや、あら〳〵うれしやうれしや」。これをきいて賢學も舟人もきもをつぶして、とかく岸について逃げ出すと、「今はさながら大蛇になりて」追つてくる。賢學も初めは三所權現などと唱へてゐたが、「後はかなしや〳〵こはいかにとばかりして」逃げてゆく。こののちは大體同じ話だが、女は賢學のかくれた鐘をくだいて賢學をとつて日高川に入つたといふところで、巻尾は缺けてゐる。この物語は、道成寺物語の中では一番小說めいてよく出來てゐる、濃厚にお伽草子風になつてゐるが、女の狂亂の場などは全くよく描かれてゐて、夢かうつゝかと疑つてゐるあとさきの關係から云へば、この賢學の物語になつて初めて清姫らしい性格がこの世のこととして描寫されたわけである。因緣を考へる理性にすでに不合理な夢が根據となつてゐて、しかもその上でのヒステリーだから、かういふ行動原理といふものは、多分に血のものである。さういふヒステリーは一歩神がかりに近づけばある種の宗教的支配力とあまり差がない。さういふ血を小説となりうるこの世のものやことがらのことばでほゞ十分に説明してゐると思へるのは缺本からも察せられるのである。いとけない日にかいされたといふことが、生涯の記憶か血の回想か、現實か夢か、それが本人にもわからぬのである。しかもそれが狂亂に於ては確實な議論の唯一の根據となつてゐる。漠然とした本能的思慕とその行動化から起るヒステリーな狂亂から、清姫の文藝上への登場は、もう小説の世界のものとして一歩はつきりとしてきた。しかもさういふ清姫の性格は、中古の物語の寡婦よりも、本質的にも日本の古代の女性の性格に近いものであるといふことわけは初めに云つておいた。

この道成寺繪詞は寺傳の二卷本緣起繪卷や酒井伯爵家藏一卷本緣起繪卷とも異つて別途の道成寺傳說のやうに見える。しかし大體これらと同時代に出來て、お伽草子へうつる時代の文藝を示す點で、謠曲「道成寺」とも接近してゐるのでないかと思ふ。この道成寺緣起繪卷は、ほゞ今の寺傳緣起の原型で、しかし繪の技巧構想では高山寺の「華嚴緣起」より出たもののやうに云はれてゐる。華嚴緣起は本邦繪卷中の壓卷の一つと思はれ、古來から藤原信實卿の筆になると傳へてきたのも無理ないと考へられる。これは新羅の僧元曉義湘の二法師が華嚴宗を興隆せしめた緣起であるが、義湘は唐に留學中傍ら乞食をしてゐたが、一檀家に善妙といふ女性があつて、彼女は義湘を慕つて、その歸國を聞くといそぎ後を追つたが、船が遠去つてゆくのを見て悲嘆のあまり海中に投じて大龍と化し、船を負つて無事に新羅に送りとゞけた、その後は一大磐石と化して法師の寺を擁護した、この寺が浮石寺である。この華嚴緣起に比べると道成寺繪卷は畫品の下つたものと云はねばならぬ。

大龍海を渡るところなどは大いに模してしかも大いに劣つてゐる。ところで眞砂庄司清次の名はこの道成寺繪巻に出るのが始めといはれてゐる。

謠曲の「道成寺」はさきに云つた「道成寺繪詞」と系統はちがふだらうけれど、やはり同じ時代感覺から生れたやうである。さきの三つの法華經驗記系統の文書に、寺傳繪巻、繪詞及び謠曲とこれで道成寺傳説の材料と地盤は十分に揃つたわけである。あとは國民の想像力がどれだけそれに即したかといふこととなるが、殘念ながらわが鎖國政權は、あらゆる地盤の狭斜巷の斷片化する方へと國民を壓制して了つたのである。さてこの謠曲では道成寺のヒロインを、眞砂庄司の娘としてゐる。しかしこゝにはまだ清次も清姫の名もない。清姫といふ名はやはり寺で近世になつて作つたものであらう。しかし眞砂庄司清次から思ひついた「道成寺現在蛇鱗」あたりの作爲だらうかとも云つてゐる。この淨瑠璃は寛保三年にあつた。

この謠曲「道成寺」の梗概は、鐘樓再復の時、鐘に怨を殘した女性が、白拍子となつて詣で來り、鐘樓に上つて鐘をひきかづいたが、寺僧の祈請で大蛇となつて日高川の深淵に飛入つたといふことに作つてゐる。「山寺のや、春の夕ぐれ來てみれば、入相の鐘に花ぞ散りける、花ぞ散りける、さるほどに、さるほどに、寺々の鐘、月落ち鳥鳴いて霜雪天に、満汐ほどなく日高の寺の、江村の漁火愁に對して、人々眠ればよき隙ぞと、立舞ふ様にてねらひよりて、撞かんとせしが、思へば此鐘恨めしやとて、龍頭に手をかけ飛ぶとぞみえし、ひきかづきてぞ失せにける」このところが江戸時代の文學で、何々道成寺といふとききつと用ひられたのである。さて謠曲では、こゝで轉じて、かやうなことになるから始めから女人禁制と思し渡してあつたのだと云つて、寺僧が鐘の緣起に、眞砂庄司の娘の物語を語る。

この謠曲は観阿彌の作と云はれ、應永の頃になつたと考へられてゐる、これは元亨より七十年餘り後である。しかもこの作中の緣起話は今行はれてゐる淸姫緣起の最古形となつてゐるからうつしておくが、奥からきて庄司の家へ宿をとる山伏があつて、庄司は自分の娘に、ゆく〳〵は娘の夫となる男だなどと戲れを云つてゐる。そのうち娘は年もたけて、ある年山伏の來て宿つた夜、閨にいつて、いつまで自分をひとりでおくのかと訴へるので、客僧は驚いてよきほどにあしらひつゝ、夜の間に逃れて道成寺に逃げ込み、鐘をおろしてかくれる。娘は日高川を渡るとき蛇形になつて寺に入りくまなくさがすが客僧は見えない、下された鐘をみていぶかしみ、七まとひにまとひつき焰を出して尾を以て叩くと、鐘は湯となつてとけて了つた。これは鐘樓再建の場合だから鐘がとけたといふこととなつてゐる。

それからあとの能で、法力によつて鐘を再び鐘樓にあげようとし、法力と魔力の爭ひとなり、その時大蛇は鐘に向つてつく息が猛火となつて、つひに我身を燒いて日高川の深淵にとび込んだ。

今の道成寺にその時大蛇のとび込んだといふ深淵のあとが殘つてゐると說明されたやうに私はおぼえてゐる。さうして恐らくこの物語は、幻想を病患としてゐた精神分裂症風の患者かとも思はれる一人の僧が幻想に追はれて寺へ入つた話と、寺の大火のことが一緒になつてこんな風に出來たと、若い寺僧の云ふのを聞いた。かういふ形で現代人を納得させるためにならば、はるかによく出來た「道成寺繪詞」などは、最も手ごろにくひつき易い材料といへよう。さきに云つた道成寺鐘銘の正平十四年より應永元年までは卅五年のへだてがある。燒けた鐘樓のあとといふのが寺内に大切に殘つてゐるのは私も見たところである。

この謠曲道成寺の出現は、江戸文藝の道成寺ものの成立のために決定的となつたのである。こゝに描かれてゐる章句をふまへて、道成寺は劇中劇とか作中作として、十分新作の氣分を複雜化する役を果すことゝなつたのである。この謠曲で初めに白拍子が女人禁制の鐘供養の場に出現するところが、遊里中心の江戸文藝の趣向にあつて、かた〴〵よく用ひられたものであらう。前半で白拍子の「龍頭に手をかけ飛ぶとぞみえし、ひきかづきてぞ失せにける」といふところなど今でもすごいやうに美しく、花のちる夕闇を背景にしてえも云はれぬものがある。

私が中邊路の眞砂でみてきた清姫淵は、謠曲より古い時代の説話にかゝはりがあるやうだ。しかし水を浴びて蛇身となつたといふ話は、今のところ文書としては知らない。現在の寺緣起ではまづ頭が蛇形となるが、やはり謠曲の道成寺のやうに日高川に入つて蛇身となつたとあるから、これはやはり華嚴緣起から道成寺繪卷をへた考へ方と思はれる。

さきに書いた「熊野遊記」では安珍清姫の物語を人皇六十代醍醐天皇の御宇と云つてゐるが、それより四十四年ほどして文政元年江戸回向院での開帳の時印行された緣起が「安鎭清姫略物語」といふ題で殘つてゐる。これが大體現狀の寺緣起のまゝで、こゝでも時代は醍醐天皇の御宇とされた、しかし安珍をことさらに安鎮としたのはよる所なく、奥州の僧といふのも謠曲に初めて出、奥州白川といふのはこの略物語に始るものらしい。しかし弘賢のころにすでに奥州に安珍の子孫といふ者があつて、年若い程は紀州にゆくことを禁じ、又紀州にも眞砂庄司の子孫があつて長子はかならず女子で聟をとり、生るる子もまた女子で、代々女子に家をつがせ、その女子がきまつて姿色あつたなどいふ附會の說がなされてゐた。

この安鎭清姫略物語は今一般に流布してゐる緣起で、醍醐天皇の御宇、奥州白川に安鎭といふ僧がゐて每年三熊野に詣でる。この僧は例年の參詣に牟婁郡眞砂村の庄司の家に宿をとることとしてゐた。文政の緣起には庄司の名をあげてゐないが、文政より古い明和に出たといつてゐる現在の流布本では庄司淸重と言つてゐる。この庄司に一人の娘があつた、容顏麗しく殊に怜悧であつたが、僧は後には妻となして奥州へつれて行かうなどと戲れ言を云つてゐた。このところ謠曲では父の庄司が戲れ言を云つたとある。ところが延長六年八月（醍醐天皇の御代）例年の如く僧は庄司の家に泊つた。その夜娘は僧の閨に忍んで來て、自分ももはや今年は十三になつたからと、前々の話の如く妻として奥州へ連れ行つて欲しいとくどくのだが、僧は大いに驚きともかくなだめて下向の折にといつはりに約した。翌朝娘は、

先の世の契りのほどを三熊野の神のしるべもなどかなからん

といふ歌を詠じた。安珍も止むなくそれに和へて詠じる。

三熊野の神のしるべと聞くからになほ行末のたのもしきかな

娘は下向の日を待つてゐるが例の僧は歸つてこない、待ちかねた娘は往還に出てはさまよひ歩いてゐたが、ある日先達とおぼしい老僧にあつたので、これこれの僧はときくと夫れは七八町あとだといふ、又別の人にきけば十二三町も過ぎただらうかといふ。さてはだまされたと知り、それから追つかけるのが狂氣の如く、けしきを見て驚き口をかける往來のものにも見かへりもしない。さきに云つた今の流布本の由來がきでは、清姫が老若二人づれの僧の行方をきく、といふふうになつてゐる。これは古い元亨以前の物語の思ひ出が入つてゐるからであらう。さうしてきゝ方には、その僧は自分の手箱を奪つて逃げたのだといふいひわけがついてゐる。このやうにいくらか敍述に手が入つてゐる。

それから清姫は切目川まできた、水量がましてゐたが、そこも超えて上野村でやうやく追ひついた。今の流布本ではこゝで僧に呼びかけると、僧は顏を赤らめて人違ひでないかといふ、否々と云つてなほ追つかけてくる清姫の息ざしを見ると、不思議や火炎となつて僧を追つてくる。かなはないと思つた僧は笈摺笠等をなげすて、心中に權現を念じて欲知過去因果、見現在果、欲知未來果、見現因果と因果經の四句を唱へると清姫は眼くらんで石に腰かけ息を休めた。その時娘の頸から上は蛇となり腰掛けた石はくぼみ込んだ。その間に安珍は一里あまり逃げのびる。日高川につき渡守りに清姫を渡さぬやうに賴む。清姫はこゝで日高川に飛び入つて惣體大蛇となつて道成寺へ安珍を追ふ。今の由來がきでは、この時清姫は小袖をぬいで柳の枝にかけたと云つてゐるのが面白い。なほこの文政の緣起物語では釣鐘を七巻したら湯となり、安珍は灰となつたとある。今の由來がきでは湯の如くなりとあつて、これは古傳に則してゐる。しかしこの今の由來がきといふのは、まへにも云つたが、文政のものより少し古い明和三年刊行のものによると云つてゐる。

なほ弘賢の集録した史料中には「中山傳信録」にのせられた琉球國の話をひいてゐるが、本題とは特に何かの云ひがかりもないからこゝへはひかない。

この道成寺の寺傳緣起で興味のあるのは、安珍があれほど法の功德をたのんで讀經したのに何ともならないで清姬の魔力に敗れた點にある。これは實に滑稽な話であつて、元亨以前の物語でもこの點はあつさりすごしてゐるが、法華經の功德をとくといふ立てまへから云つても變なことである。しかし當時の風俗では安珍のやうに女に追ひかけられた熊野詣の僧が多くあつたのであらう。當時の僧が美男で若く女子の愛慕の對象となつてゐたさまもうかがへる一つの物語である。僧侶の墮落してゐた平安朝末期以後の世相を考へると、法の經文もあまり功德なかつたのであらう。しかし破戒墮落を氣持の上で怖れるといふことより、もつと深刻な彼らの情癡がかうした物語の背景に時代思潮として考へられるのである。だから當時の頽廢を見きはめて、近代の思想でいへば頽廢への情熱とも云ふべき考へ方の上に立つた、法然上人などの新宗教が生れたわけだが、その一面では日本の佛教史を通じての高僧といはれ、學的にすぐれたばかりでなく、その戒を守つて身を持した點では史上の隨一人と云はれてゐる明惠上人の如き人もあらはれてゐるのである。さきに云つた「華嚴緣起」などの繪卷は、上人在世中に高山寺に集つた繪師の作であらうと言はれてゐる。當時高山寺派の繪師は、日本の美術をよく亂世の中に守り、さらに舊來のものの上に優れた何ものかを附與してゐるが、その時には恐らく上人の如き人の人格が無言のうちにさへ影響を與へたものであらう。それらの作品は清雅高尙の中に構想力を全うした稀品をなしてゐる。まことに亂世に於てこそ、高潔な志をもつ人格の放つ光芒は限りなく、後の世まで照らすものであつた。

さて道成寺傳説は法華經の靈驗と女性の怖しさを教へたものであるが、安珍といふ若い僧はむしろ普通より氣の弱い方の、何の惡もなし得ない男であつた。しかも何の罪障もないこの男が、惡女のために燒き滅される時、三熊野の神も救はねば、日常信仰する法華經も觀音も援けてくれなかつたのである。これはむしろ滑稽なことで、しかも話の終りで法華經の功德で蛇になつた男女の昇天を說いてゐるのだから、そのころの僧侶の布教上の信念は全く滑稽とより云ひやうがない。しかし道成寺傳説が謠曲の道成寺を機緣として市井の文藝となつたころには、佛說の女性の怖ろしさや法華經の靈驗とは別の話の方へむけられた。つまり淸姬の登場の新しさは、物語の根幹と源流を見きはめて、本質的な民族の美學をよんだところの庶民の原有の心もちのあらはれである。

江戸市井の文士たちは、さま〲のイデオロギーによつて變形附加された道成寺物語を原始の民族性にまでかへし、淸姬といふ形でその說話の本質を古代の生活の中に解放することによつて、しかもさういふものを彼らの獲得してゐる生活上の地盤の上で、一つの贅澤な美學の中へくり入れたのである。上代女性の强さといふものを反影してゐたこの物語の原型は、これらの市民文化の組織者によつて、彼らのその自らの暮しを豊かにする愛情の美學とされた。さらにそれは彼らの人生ユートピアのための愛情の化粧法として組織されたのである。さういふ形で道成寺ものの清姫は、狹斜の中へ散布された。狹斜以外一般市民の中へなほすなほに入らなかつたのは、江戸商家の子女が本當の洗錬さをもつのはまだまだ後の幕末まで延長するからである。當時の商家の女性はまだ出稼人ないし出店もの根性の野暮から拔けきつてなかつたからである。しかし今の東京に女性文化らしいものの片鱗でもあつたのは種彦や三馬の時代から明治初めにかけての僅かの期間だ、そのうち役人の女房の町となり、今では洋裝した女事務員の町となつて、最もかういふ讀者を對手とする日に小說といつためでたい文藝の行はれる筈はない。たとへ國家社會のことを述べて思想教化の文藝を云ふときにも、昭和十三年五月の徐州戰以後の全教化文藝を以てして、江戸の文士の描いた一篇の長唄「京鹿子娘道成寺」に及ばないのである。これは私が最も國粹的な信念をもち、國家や社會や人類の問題にはづれた文物はどのやうな天才さへも第二流として排するといふ志の立場に於て云ふことである。さうしてかういふ私の文學者としての意見に贊成するやうな人々は、先代の志士の中には高杉晉作を始めとして若干はあつたと思ふのである。

けれどもかうしたことはいづれでもよいのであつて、「道成寺」に對する江戸文藝の扱ひ方の筋みちだけ簡單にふれてみたい。私は清姫が出現するために、必要なだけの日本の歴史を今までに云うたのである。さうして道成寺の女性がどういふところへ復歸して行つたかといふことも云つた。この物語は日本の物語の中でも最も有名で又有力なものであり、それが近世文藝に及した影響は他に較べるもののない位である。さうしてこの道成寺の中で中世の佛教者によつて惡とされたものが、同情されむしろ憧憬され出していつたいきさつは、謠曲道成寺を機縁として一段と激化した。さきにも云つたが謠曲の道成寺に、遊女をまづ出したのは實に江戸文藝の人心に卽したわけである。

淨瑠璃の「道成寺」がまづ轉化してあらはれ、次いで「道成寺現在蛇鱗」「日高川入相花王」などみな謠曲の示す道成寺の上に立場をおいて、次第に奔放に人情風俗の中へあらはれてきた。それは一つの概念としてみとめられたのである。めりやす集の「歌撰集」にも「無間鐘新道成寺」があれば、伊勢音頭の「二見眞砂」にも「道成寺」「狂哾現在鱗」とあらはれ、「常盤種」の松本幸治作の「道成寺戀曲者」や「荻江節定本」の「鐘櫻黃昏姿」などと、みな例の「このかねうらめしや」とか、「かねにうらみはかず〳〵ござる」あるひは「鐘をうばつてうせにける」さういふことばだけで十分道成寺の淸姬を生かせたつもりは、驚くべき流行である。さうして「常盤友前集」の「江戸鹿子男道成寺」とか「松の落葉」の「こぶどうじやうじ」の如く、自在な作や戲作まであらはれる。長唄でも「傾城道成寺」の出たのはずつと古く享保十六年とか、次いで延享元年に「百千鳥道成寺」その次に「京鹿子娘道成寺」が寶曆三年に出て、これは今日でも全曲のまゝ行はれてゐる。この作品はていねいに分析したら一そう感心するやうな手のこんだもので、「眞如の月を眺めあかさん」のしらべ「言はず語らずわが心」のしづみ方から、「かねにうらみは數々ござる」といふ文句など萬量の思ひをうたひこんだ名調子である。今日われ〳〵の小説では、思想とか人間性とかいふことを云ふばかりで、かうした萬感をたゝみこんだきめのこまかい描き方を全然知らない。さうしてもう人も氣にせぬ位になつてゐる。

「松の葉」の第四巻にも「道成寺」といふのがあつて、これは謠曲の「道成寺」とくらべたら、清姫がどうした形で市井の人情の方へ入つてゆくかといふことを知るに何かのモメントを示すやうなものがある。松の葉の「道成寺」は鐘供養に詣でる白拍子の獨白だけであるが、「つくりし罪もきえぬべし、鐘の供養にまいらん、みづからと申すはそも、とまり定めぬしのび妻、きのぢの奥に住みなれし、人のこゝろをなぐさむる、白拍子のつゞみぐさ、なるたき川のながれの身、道成寺の御寺には、鐘の供養のある由を、みな人ごとに夕まぐれ、月は程なく入潮の、さしてはわが身の罪とがも、むくはんことの嵐ふく、三諸の山のもみぢ葉の、色に染めにし仇ぎぬの、うすからざりしさんしうの、罪怖ろしく殊にまた、罪ごう深き川たけの、一夜ばかりの手枕に、人の罪をも身にうけて、長き闇路や黒髪の、みだれ心やむすぼれて、烟みちくる小松原、いそぐ心かまだ暮れぬ、日高の寺につき給ふ」これは歌曲も大してわるくないが、謠曲に比して、のちの時代の道成寺もの、續出するための註釋の用をさへなしてゐることをさとるがよい。しかもさういふ註釋はたまたまあつたばかりでなく、誰の心にもある時期に起つてくるものである。つまり清姫が何をあらはし、又どう變つてゆくかは、謠曲「道成寺」や缺本の「道成寺繪詞」の出たときもう文藝的には決定したわけである。

江戸文藝の中では京傳やついでは三馬などが繪入本として道成寺傳説をうつしてゐる。その他物語の中の背景としてさかんに現れたわけである。かうして「娘道成寺」は江戸の狹斜の文藝の花として、最も花やかな日に咲いた大輪の一つであつた。しかしこの時代では清姫はむかし元亨釋書以前のヒロインとは異つて、その可憐さをいたはられるやうになつた。清姫の惡女を怖れる代りに、もう清姫とのめぐりあひを待ち、喜んで彼女を迎へようとした。さういふ日には清姫の表現も大さう變るのが當然である。これは市民社會が、女性にどんな愛情の化粧法を教へたか判斷しうる材料の一つだが、又そのことによつて十分市民社會のたけ〴〵しさも示してゐる。王朝の女流文藝に、戀情をヒステリーと嫉妬にうつし、つひにはあの高級な失戀のポーズから出發する戀歌にまですゝむ、むかしの人の訓練とは、やはり同じ上方でも大阪市民の商業精神の考へ方は異つてゐたのである。さうした大阪が江戸へ入るのには半世紀以上もおくれてゐた。しかし入つた頃からの政治の衰退は文藝を何かあはれなものとすてばちなものとの合の子にしたやうである。しかしこゝまできた日には清姫が寡婦であつても娘であつても、一切がもうよいといふところから道成寺ものは出發できるやうになつた。これはやはりいづれも進歩といふことであらう。彼らは事件のリアリズムでなし、清姫の名で別のロマンチツクな性格を描き出さうとしてゐた。この點では却つて我々の時代がいくらか進歩より逆行したといふべきであつた。

仙人記録

百人一首の喜撰を、仙人だとした時代と考へ方があつた。今言へば大へん突飛なことだが、日本人の大ていの類型を出してゐる百人一首の中で、この法師は桑門の出で山住みである。今日着々と建設途上にある新しい文學史では、勿論喜撰は有名の隱者の先頭の偶像となるだらう。しかし喜撰を仙人と考へてゐたころでも隱者といふ考へ方は別にあつた。たゞ今日ほど十分に注意されてゐなかつた。しかし喜撰が山住みの人であつたことが、文字で傳へると山びとに近い感じも起るから、今日の傳承の中絶した狀態で考へるなら、仙人とされたことにも少々理由がある。だからかうした突飛な考へ方は、何かたしかな意識的傳承の證と思はれ、進んでは民間の日常思想を組織し統一する文明意志の證據の一つとも考へられ、却つて今日ではこれだけのもつ意義と云つたものを感じさせる。

しかも仙人といふもとの概念を、中世の歌學のやうな優しさを尊んだ美學に從つて山びととよめば、さうしてさういふ考へ方をいくらかルーズにして了つたら、分類上では隱者でも仙人でもよいと言はれるかもしれない。しかしさういふ美學のまへにあつた山びとといふことばとそれのあらはす實物を想像して、神に近かつた山びとを何か具體的な人種として了つた上で、日本の仙人はさうしたものを空想化したものと考へてもよいからだ。しかし一方さうしたものを考へても、仙人といふ以上、なんとしてもある程度の高いイデオロギーや文化の作用の及んだ系統がある。さういふ作用の主體となるものは、山びとでない方の領分だ。想像的種族を、現實種族の美名とする式の考へ方でも、仙人だけは少し手に負へぬところがあつた。彼らに飛行の術があつたからでない。彼らが文化的に云つて明るい地と未知の山地をまたがつた存在だつたし、しかもその文化が、仙といふ大さうな文明思想だつたからだ。これは天狗といつた思想の文明度とはお話にならぬ高いものである。しかし仙の中には血脈もわかつてゐて修業ぶりさへよく知られたものと、さうでないのと二通りある。さういふところで一應たぐる糸がもつれて了ふわけである。

話が百人一首から始るのは、私は十分ていねいにこの現代に殘つたたゞ一つの古典の家庭版を同想したいと思つてゐるからである。しかし今どき仙人の記錄でもあるまい、などと時代に眼角のたつた人は口につぶやくかもしれぬ。しかし仙人とか詩僊といつた觀念は、日本の文化の血脈を、大陸のものと比較する點で、大さう重大なものであつた筈だ。手早く實例の一つを云つて、當節の文化論策家の希望に答へるなら、例へば日本の足利期の水墨畫が、どうしても宋代藝術の同じ範疇の繪畫に及ばなかつたといふやうなことも、僊といふ思想が、明らかにしてくれる、同じことは文藝でも云へた。日本の仙人記錄は仙の思想といふ意味で貧困である。しかしそれだけ我々にとつてはなつかしいものがある。そのなつかしさを今日の任務としてどういふ規模に高めたらよいか、これは過去を明らかにすると同時に、將來の我々の文化のゆき方に無關係でない。

日本人の描いてきた水墨精神と云ふ問題になつたら、大本の思想はともかくとして、人が云ふより精密に考へるならば、私は岡倉天心といつた人の考へ方にもずゐ分希望もあるし、ある註文も思ひつくのである。その繪畫が支那に劣つたのは、日本の水墨家がつひに傒になれなかつたからであると、それだけで澄して了つた人も多かつた。今日の日本主義時代の歷史批評の動きから云つても、だん〳〵多くなるやうに思ふ。そのことを一寸云つておきたい。もちろん天心はアジアは一つだと云ひきつて、この場合優劣を天秤にかけるやうな比較はすつかり別にしてゐた。卅七八年の戰爭の中で天心は未曾有な翼をはつた。しかし今日は國の精神も少し異つた。この變り方におされて、こゝ二年程の間の日本の文界はずゐ分に氣おくれして、その上でつまらぬ云ひぬけだけを公式化したと見えてゐる。これは我々の手で何とかせねばならぬのである。

さて仙人といふものにつきまとふ思想が、十分大事にせねばならぬのであるといふことは、日本の文化と古典支那の文化を考へる者に注意されてもよいと思ふ。しかしこれはもつと支那人を考へて、その傳承と民族を考へる上では必要だらうと思ふが、德川時代の漢學者さへあまり研究したり調査しなかつたやうだ。彼らが代々をかけてつみ重ねる努力でなしあげたのは、專ら儒學とその政治學を精密にすることだつたが、殘念ながらさういふ努力の一片さへ今日生きた政治の高等批評の中に殘らないやうである。彼らは純文藝のことも、まして民衆の文藝のことや、そこにあらはれた終末感の民族的印象などといふことについては、すべて手をつけなかつた。今日でも支那通といふ人の支那民族性についての公式見解はずゐ分流布してゐるが、それらも文學を歴史から考へる者の立場から見ると、何らの裏づけがないから、大へん獨善なものと思はれる。しかし私は大仰な時務について云ふのでない、私は日本人の過去をせい〴〵明らかにしたいと思ふ。さういふことを一人が考へてゐるといふだけでも、何かの形で今日なほ意味があらうかと思ふ。大して今日や明日の文化政策といはれるものに役立つわけでないが、自分らの一番手近かにもつ文藝のやうな表現物の中に、どんな形で祖先の人々の希望と祈願が入つてゐたかを知ることは、新しい日本を大地にうちたてる上で何か役立つ筈である。

しかし仙人の記録をこゝで囘想する直接の動機は、まへに云つた蓬萊島のくゝりをつけたいためである。周知の浦島子傳説を、とにかくくりかへさなければ、蓬萊島の話は結びがつかない。しかし浦島子傳説の浦島子は、仙人であるかどうかは別として、ともかく仙界で暮した。この話は世界中に分布した話ださうである。土俗を研究した人の間では、その分類が出來てゐる。しかし浦島子傳説は、後世になると文藝的にも思想的にも重大なところが失はれた。その結果としてこの物語の文藝性は著しく低下した。そのことはあとで云ふが、海のことよりさきに山のことを、喜撰のひきあひからも云つておく必要がある。もつとも山と海をかねて合せた蓬萊山だから、あとさきいづれでもよかつたけれど、他との結びあひをつけておきたい。仙人といふものにつき從つてゐる思想がどんな濃度で、日本人の文明と無知に對し、インテリゲンツと民衆に對し、あるひはお化粧と土俗にあらはれたかを一應知るために、いづれから云つても必要であるなどと、とりとめのないばかりか却つてなさけないやうな辯解を初めに口にしたわけである。

中世の歌學では仙はやまびとと註釋されてゐたといふことを初めに云つた。「拾遺和歌集」の神樂歌に、

あふさかをけさこえくれば山人のちとせつけとてきれる杖也

かういふときの山人は仙の思想を加味せねばおもしろくないが、彼らは何であつたかとなれば、少し實在の現實性もあるから、想像力が働くわけである。普通の國民生活と無關係に山の中の人生を暮してゐた夥しい人々のあつたことは、今日でも生きた遺跡として殘つてゐる。さうして下界の民衆であつた我々の祖先が、さういふ山の人たちに、鬼を描いたり天狗を描いたいきさつは柳田國男氏がもう古くに教へた。柳田氏の書いた「山の人生」といふその本は、大さう文學的な好著だが、さうした山びとを、下界とは別の秩序と組織と交通路をもつた先住民族と考へたのである。天つ神、國つ神、天つ罪、國つ罪、さういふところから糸をひいて、國のつく民族が、先住民族だつただらうと考へ、山に入るといふ氣持の心理を歷史の社會學から分析したのである。

しかし山へ入つた遁者たちより古いし數も多く大きい勢力のあつた原住の山びとが、日本の藝能の開拓者となつたものか、山へ入つた遁者が、藝能の文化の轉回者となり進んで開拓者となつたか、私には柳田氏の云ひ方と折口信夫氏の見解はすつかり違ふやうに聞え

た。しかもこの點は極めて重大なことである。特に文化の動きとか、文化の意識の發生を考へる時にことが重大となるわけである。格別かういふ偉れた人たちの説を列べて、自分の考への骨組を云ふまでもないと思ふ。自分らは自分らの考へをまだ見きはめるまできてないからといふわけだが、しかし構造は或ひは人にわかつてもらへると思ひ込んでゐる。

山に入り俗界を離れるといふのは、佛教のイデオロギーと別に、やはり土俗として、何か大さうな力で個人の血の生理の中にさへあつたといふ事實はずゐ分大へんなことだ。これは事實に於て、大さう重大なことで、その發見は、明治以降の文明開化文藝のどんな成果より重大なのである。

こゝで少し云つておきたいのは、我々東洋の國々でも、文藝といふものが、公《おほやけ》の文學と別の形のものとして流れてゐたといふことである。これを考へると武家の政府の出來るころになつて、わが國の文藝と國體の關係が、一そうよくわかるやうになつたことなど思ひ合せておくとよい。これは今日十分問題にせねばならぬことの一つである。文藝がどういふ民衆のあり方の上に生れ動いたかといふ、結論で云へば國體のことを明らかにすることは、近代文藝學を西洋から移入し、向うの場合にもたゞ上品で高等なものだけを知つてゐる學問では何ともできないと思ふ。我國の學問が應神天皇の時移入されて以來それは當然に公のものだつた、文藝はさういふ學問のあり方と少しちがつて、そのころでも既に別の發想者があり別の流布様式が考への上にもあつたのだ。しかし時代が移つてさういふ文藝の中へ、ある文化のイデオロギーが入つたわけである。さういふ時の兩者の勢力の消長盛衰を考へ合せることが、我國の獨自な形成を可能とすると私は考へた。すつかり具體的に云へば、民衆の最低線を描いた文藝と、わが宮廷との關係である。宮廷がつひに最後の燈となつてゐた狀態は、今ある日本の文學史を千五百年に亙つて一貫してゐる。大伴家持の記錄した防人歌など、さういふ形で日本人の歷史をたどつた心理を色々の形で明證してゐるのである。しかしそれをよんだ家持のよみ方と、今の人のよみ方はちがふといふことを私は注意したい。さらに防人の氣持は、そのいづれともちがふのである。このことは別の問題だから當然他のところで云ふわけである。

藝能に對して支配力を發揮したイデオロギーを日本の實相の下で明らかにしたい考へだつた。かういふ考へ方では、文明開化以降の修史官とその反對者たちを共にして、二者のいづれとも我々の時代が異つてきたといふことは、だんだん人に理解されるやうになつて欲しい。それはさきのが合理なら我々のは非合理である、我々のが合理なら、さきのはいづれも非合理であるといふ形でちがふのである。

ともかく我々は民衆と文藝といふ形で、宮廷文化を考へるのである。さういふ形式でなければもはや我々の一切の歷史と今の意識が理解できないこととなつた。俗學とか俗書俗信といはれてきたもの、日本の無知の方を支配してきたと信じられたものの中から、いろいろの文化と組織と建設の叡智とイデオロギーをさがし出すことが必要となつた。その中へは傳說の變化といふことと、緣起といはれてゐるやうな成文化した文物を加へた方がよい。つまり我々の文學の努力は、神武天皇の建てられた國を二千六百年の今日まで一系に傳へてきたといふ萬邦無比の事實から、文學の問題の出發點を見出さねばならないのである。そして幸ひに我々の文學の歴史學は、現に豫想の外のめざましさで改められてゐる。やうやく完成されさうな瞬間に、日本の文學史に對するしかつめらしい文明開化式の學問は、崩壞寸前の狀態を示したのである。この重大な時期について、我々は色々の角度から、具體的な問題をあげて何べんも警告したことだ。

それで先きの歌にかへるが、この逢坂山の山人のつくつた杖といふものについては、まだ私のしらべは十分にゆきとどいてゐない。しかしこれは新古今集にある俊成の、

やま人の折袖にほふ菊の露うちはらふにも千世はへぬべし

かういふ歌や、夫木和歌抄にある定家の、

仙人もすまでいく代の石のゆかかすみに花はなほにほひつゝ

これらの歌の山びととは一寸ちがふのである。俊成の歌など全くの仙人思想の飜譯だし、定家のもそれに類する。較べると逢坂山の神樂歌の方は何か現實性をもつて一寸よむ方をためらはせる。必ずしも柳田氏の本があつたからといふ影響のみと云へない。

俗塵を離れて山に住めば、あるひは長壽もしたであらうと思はれる。空氣はよいし、煩累は絶つてゐるからだ。別に土着の山住びとの容貌風采にしても、今でも何となく老人らしい感がする。年より老人らしい感じがして、しかも實際はさほどでないから壯んなところがある。かういふ云ひ方は現實的だと思ふが、山に働く人の勞働の激しくなつてゐる今の實感で、別に古を推すわけではない。

僊をひじりと訓むとは古く「類聚名義抄」に出てゐるといふ。ひじりといふのは勿論佛者である。この類聚名義抄は有名な菅原是善の撰著になつた一種の字書である。是善は元慶四年（一五四〇）に歿してゐる。清公の子であり即ち道眞の父である。又順徳院の御撰になつた歌學の書である「八雲御抄」の中では仙を山人とも云ふと申されてゐる。ところが安永五年（二四三六）に歿した伊勢の國學者谷川士清は、「倭訓栞」の中でやまびとを佛書で仙といふのは、字を得て譯したもので、道士といふのとは異るが、趣きは似てゐると云つた。かういふいきさつから喜撰を山びとの中へ入れたとしても、混亂する理由は十分にある。もつともらしい學問の書を云へば「大日本史」には、國朝には僊術は傳つてゐないと云ひ、若干道流に近いものもあるが、國家治體に何らの關係のない者であつたと云つて、僅かに久米陽勝の徒と浦島子白箸翁の流及び役小角をあげてゐる。

顯密兩派の修驗道の祖となつた役小角の佛教といふのは、日本の國史にその傳來を記録された佛教とは別途にきたものかもしれないと云はれてゐる。さうして疑へばそれらは先住民族の方へどこか南方から來たものであつたかもしれない。役小角の使つた五鬼の一族は、現在でも特殊な種類である。彼らは今でも鬼の子孫と云ひ、決して平家の落武者とも、菅公の子孫とも云つてゐないのである。

さて倭訓栞の說も、特別なよみ方をすれば、何か日本固有の山びとがあり、さらに佛書の仙があり、道流の仙があつて、いつかの程に三者一體になつたやうにもとれる。しかしこれは無理な邪推であるひは誤解かもしれない。しかし平安朝の美學が、山びとを仙と同一化したとき、仙の思想にはめたいやうな、いくらかとぼけた、それで何かの神通力をもつやうに怖れられてゐた固有の山びとが、その時代なほ殘つてゐたのでないかと疑はれる。さうしてその存在が後世の山人とちがつて、ずつとはつきりした化外の民として、ある交通路をもつてゐたのであらうか。

しかし恐らく山びとといふ彼らが、京都に屬した國民にしもべのやうな關係をもつてゐたことは、史實はともかく、文藝といふたしかな人間の意識をいつはらぬ史料で察せられた。さうして何でもない山の生活者を山びとと呼んでいくらか畏敬する氣持を、仙に結んだとき、かうした王朝の美學の成立は、驚くべき頑强な自信を支配と政治の文化にうちたてたものである。この事情は十分に今日の場合考へておく方がよい。最高の物語である竹取翁の話に仙の思想があるといふやうな、今までの國文學的な問題發想はこゝで私の考へることとは全く別の云ひ方である。

藝能を職業とした者らの生活と血統を明らかにするといふことについては、もう大分先覺の努力がつまれてゐる。藝能に附屬した宗教的ヘテリズムのうちのあるものについても大さう明らかになつてゐる。しかしこのヘテリズムの方から血統がみだれたとはいひきれまいと思ふ。或ひは高貴な人々の血筋が彼女らを通じて後に殘つたとしても、これは山への奪略とか、人身御供の要求と、同じ根源に發するとは、どんな血のない學問の考へ方からでも云ひきれない。さういふ形で異族混同が起るまへに、文化文藝の方では、さういふ現實と別の高い文化的な意識の支配が、もう千三百年もまへから着々と成果をあげてゐた。

我々が今考へるよりもはるかに强力の文明の自信が、今なら文化政策とも云へる形で、すでに千三百年以前に始つて長く行はれてゐたのである。それは誰が考へて行つたといふわけではない、我々の先祖のもつた文明の精神の强さのこれこそ明確に雄々しい一つの證明である。さういふ事實は神皇の分離した時代を象徴する日本武尊の征旅の插話の中に早くも示されてゐるのである。

こゝにきて喜撰を山びとの初めにおくのは、これは大へん興味多い考へ方をなしてきた。文學史上で扱つた山びとを現實を加味して考へたとき、どういふものの方にその主體をおいたかといふ事實は、ひいては我國の文學そのもののイデオロギー的性格を、まだ兩者についてのことがらの今より明らかだつた時代に於て決定するものだからである。さらに蟬丸まで云つて了へば、すでに古からの俗説が、ことについての考へを明白にしてゐるのである。ある意味でこれは高級なイデオロギーの發現である。その俗説はわが國の文化中心説の支配權の確立のための一つの要請とも云へるかもしれない。しかし要請など必要とせぬすなほな意味で、わが文學史は中心をもつて初から成立してゐたのである。我々はその中心を考へればよかつた。

喜撰が浦島子などに比して遙かにある意味の實在性を文明意識に對してもつたことを考へるとよいと思ふ。喜撰を神仙に數へたのは「元亨釋書」である。宇治山に入つて密呪を持し、長生を求めて穀物を食さず、ある朝雲に乘つて行方をかくしたとその神仙の部に誌してゐる。「古今和歌集目錄」では「宇治山記」の説として基泉を仙人としてゐる。元亨釋書では窺仙と誌して所謂喜撰と註し、その他基泉又は窺詮と書いた本もある。元亨釋書は虎關師錬の撰にか丶り、元亨二年八月後醍醐天皇に上つた、推古天皇の御代より當代に及ぶ日本佛教史とも云ふべきものであつた。この元亨二年夏には米價騰貴し、北畠親房が都下の富戸に諭して發糶せしめた。正中の變の二年まへである。古今和歌集目錄には次の如く出てゐる。

基泉法師一首雜。

孫姫式云。基法師。有レ歌。

このまよりみゆるは谷の螢かもいさりに蜑の海へゆくかも

宇治山僧喜撰。有レ歌。

我が家は都のたつみ鹿ぞすむよをうぢ山と人はいふなり

然者基泉。喜撰。各別之人歟。基泉者。山背國乙訓郡人云々。宇治山記。作二窺詮仙人一也。髄腦稱二桑門一是也。或人云。彼住所宇治山。奥深入有レ山。名二溝尾一。下人伐レ薪之山云々。近日堀二出火坑一云々。

元亨釋書には喜撰を桓武天皇の裔とし、敕を奉じ喜撰式を撰す、自詠一首のみ傳はるとしてゐるが、これは俊成が千載集の序に「宇治山の僧喜撰といひけるなん、すべらぎのみことのりをうけ給はりて、やまとうたの式をつくれりける」とあるにより、喜撰式といふのは、四家式の一つに數へられてゐる。このまより見ゆるはの歌は、爲兼が玉葉集に喜撰の作として入れたが、これが二條家から相傳を知らざるものと批難された。二條、京極は、古今傳授を名として、大覺寺統と持明院統に分れて爭つてゐた。いづれにしても喜撰は仙人とされてゐた。

大日本史のあげた五人の仙人の中で、白箸翁といふのは康平のころの人藤原明衡の撰んだ「本朝文粋」の中に紀長谷雄の書いた傳がある。貞觀の末一老父があつて市中で白箸を賣つてゐたが、市にくる人は嫌つて買はなかつた。風采が異常だつたからである。年を問ふ者があると、自からは七十と答へる、ところが同じ市中に八十歳餘りの老賣卜者があつた、その卜者の云ふのに、自分の子供のころ、あの白箸を賣る翁を見たが、その時でも今と同じ老體であつたから恐らく既に百餘歳であらうと語つたので人は大さう奇態に思つた。ところが一日この白箸の老翁は市門の側で頓死してゐたので哀れに思ふ者らが集つて死體を近在の山に葬つた。それから二十年あまりもたつたころ、一人の老僧がさきの白箸の翁が石室の中で香を焚き法華經を誦してゐるのを見た、あらまし右の如き物語である。これはあつけない話だが、近世になつて「西遊記」の著者橘南谿が、九州には仙人が多いとかいてゐる話も、九州に多かつた山びとの神通力の話でなく、特別な長壽者のことである。この翁にしても、浦島子や役小角などにしても、いづれも別に仙になる修業をしたのでない。伊豆賀茂の「走湯山緣起」に出てくる仙童で松葉仙とよばれてゐる人物にしても、穀をとらず松葉を嗜好し長壽したといふだけである。

役小角のことは續日本紀にも出てゐる。文武天皇の三年五月伊豆に流さると誌して、その他のことでは葛木山に住し、呪術を以て稱されてゐたとあり、別に、鬼神を薪水のことに使役し命をきかないときは呪縛したと云ふ噂があると書いてゐるだけであつて、流布してゐる役行者傳の原型は、藥師寺の僧景戒が弘仁中に著したものと云はれる「日本靈異記」の方にくはしい。これには行者が伊豆へ渡るのに、履物のまゝ海上を歩むのが陸地をゆくやうだつたと書いてゐる。靈異記の大半は恐らく既に天平頃にあつた說話だから古い物語である。しかし行者が孔雀王呪法を修めて鬼神を使役し所謂くめぢの橋を作らせたり、そのため葛木の一言主《ひとことぬし》神に讒せられたりしたころよりずつとのちの大寶元年になつて、初めて仙となつて天朝の近くに飛んだとある。後世行者の行方は色々に語られるやうになつたが、靈異記にかいてある行者の後年は、道昭が唐から新羅を通つて歸る途中、新羅の山中で五百虎衆に法華經を講じた時、虎衆の中に人があつて倭語で問をなした。聞き質すとその人が役行者であつたと書いてゐる。道昭は大化年中宇治橋を架けた古王朝の佛敎時代の名僧の一人である。年代から云へば道昭が新羅で行者に遭ふ筈はないのである。

　鬼神を使役するといふことなら、陰陽師もふんだんにしてゐる。安倍晴明などその點では後世まで大さう有名だが、古くは吉備眞備も鬼神と關係があつた。今昔物語にある慈岳の川人と安倍安仁大納言の話は、川人が地神からのがれる物語だが、この話は王朝時代の人間の心理とかその時代的迷信が生活にくみ入れられる狀態をよく示してゐる點でも、如何にもその時代にふさはしい好短篇である。さらにこれと合せて同じく今昔に出てゐる加茂忠行がその子忠憲の鬼神を視る天才を知つた物語は、共に今日一讀してよいものである。あまり他事にばかり口がすべるやうだから、こゝへはもうその筋がきを書きつけない。

ところで仙人になる學問が我國へ入らなかつたわけでない。すべての學問が入つたやうに東洋の大きい學問の一つである仙人になる學問であつた方術も古くは入つた。古く入つたのち絶えたのは、無稽を信じないわが國人の現實主義のためか、あるひは反對に樂天主義のためかもしれない。しかしさういふ形で人生の終末意識を逃避する代りに、我國のインテリゲンツが、嚴肅で執着の歴史的信念を悲願としたからであつたと考へられる。ところで天竺からきたといはれる法道仙人の如きは、もし仙人になる學問が、何かの形で成立したらその開祖ともなつた人だつた。この人の傳記もやはり元亨釋書に傳へられてゐるが、傳へた本の性質上桑門臭く純粹の仙人とは云へない。仙苑に住んでゐたが紫雲に乘じて支那を過ぎ百濟を通つて日本に入つた。播州印南の法華山に住んでゐたが、つねの供養をうけるのに鉢を飛ばして用を足し自分で出歩くことはなかつた。大化元年の秋八月のことに、官租を運ぶ船へやはり鉢を飛ばせて供を乞うたが、船長が官物は私情で左右できないと答へて與へなかつたところ、船中の俵が鉢に從つて全部山へ飛んで行つた。其米千石あつたといふ、驚いた船長が庵へ行つて懇願したら又千石の米が忽ち飛びかへつた。たゞ途中で一俵だけがおちたが、その土地は以後富裕な村になつた。これは有名な信貴山縁起の繪卷物の中の飛倉の卷と同じ形式の話である。しかしこの法道仙人はいゝお伽噺を持參したけれど、我國の僊道の祖師とならなかつた。さうしてかうした先蹤に從つて、日本の高級な藝術家が大てい僊となれないで、少しよいお伽噺を老後に書くやうな始末となつたと、わざとになら云へさうな先例を作つた。

久米仙人の話は有名である。法道仙人の方が輸入の新風なら、この方は土俗の仙であつた。さうして日本の仙人の代表者のやうにいつともなくなつて了つた。久米仙人は吉野人だつたし、實際に材木運びをした位だから、山びとだつたかも知れない。都が大和の國原や山城の京あたりにあつたころは、吉野宇陀は眼のあたりの深山であつただらう。だから吉野宇陀のあたりに、天女がまひ下りたり、仙人が出ても少しも不思議でない。記録では女仙さへ出てゐる。しかしこの久米仙人はその失敗談で有名になつてゐる。

しかし久米仙よりもつと後の世の粧ひをした失敗談が「十訓抄」にかゝれてゐる。十訓抄も撰者不明であるが自序によつて建長四年壬子（一九一二）神無月半ばの作なることが知られてゐる。この話はいつのころか、河内金剛山あたりの山寺の僧が、穀類を食ふのをやめて松葉を食つて仙になる修業に入つた。さうして三年あまりのうちに何か身もかるく飛行できるやうな感じがしたといふのである。恐らく嚴肅な禁慾生活と飢餓狀態の中で、晝夜に飛行の夢を見つゞけたのであらう。身體のやみ細つて輕くなつたと思へるのも當然のことである。フロイドの夢判斷でも、禁慾生活と夢の中の飛行を結びつけてゐる。この十訓抄の中の上人もさういふ狀態で、激しい狂的な修業と信仰の中に夢うつゝのけぢめさへ失ひ出したと考へられる。さうしていよ〳〵仙人になつたと感じた上人は弟子に別れをのべ、すべての持物も仙人に必要ないといふので、庵まで弟子たちに與へて了ひ、形の如く仙人のいでたちをし、これ以外は仙人に要はないと水瓶一つを腰にして、片山のそばにさし出た岩から飛行することとなつた。弟子たちは別れを悲んで師の飛行を送るために場所へ集つてくる。聞きつたへた遠近の人々も集つて、仙人に登る人を見ようとする。ところがいよ〳〵巖頭に立つと急に氣おくれがしたやうで、身體も重くなつた。初めはあの松の枝からこの枝へ遊ばうなどと、弟子や見物たちに語つてゐたが、飛び上つた瞬間に谷の底へ墜落し、殆ど死ぬばかりで水瓶もこはれた。ともかく救ひ出して庵に運び込み、漸く息ばかりはふきかへしたが、弟子たちはあさましく思ふし、見物も口をふさぎたい思ひでゐた。今は九死の重傷病人に松葉のみであるまいと考へ、やはり以前の穀物にたちかへらねば力もつかない、本人もあさましいまでに養生した甲斐あつて足腰こそ立たないがともかく生命はとゞめた。もう仙人修業でもないといふので、一度弟子たちへ與へて了つた庵も持物もすべて取返して、坊の中で生涯かゞまつて暮したといふ話である。これは一ころ小説に書かれて流行した首くゝり上人の話より味がある。首くゝり上人はゆゝしい顏をして死んだといふ話であつた。この上人は生身成佛の豫定だつた。しかし彼にゆゝしい顏をさせたり、その上で首くゝりの繩まできつて、初めて五彩の雲があらはれるとこじつけるより、この金剛山の仙人修業僧の話の方がよく出來てゐるやうにも見える。この仙人にならうとした僧の場合には、五彩の雲のたてやうさへない時代のリアリズムをよく描いてゐるのが興あるのである。しかも題材の樣式と內容で自他有緣無緣の衆生のやるせない氣持になりかゝる瞬間を、うまくとぼけた形で救ひあげてゐる手なみは、なか〳〵人情を解したものと云ふべく、文藝としてはた又批評としても味ふべきものが多い。これらは鎌倉時代のリアリズムのもつた日本らしい長所の一である。しかし名目をたてゝ何ら感心する必要は今さらなく、首くゝり上人をあゝいふ形で初めて感心するのは、人間主義といふのか何といふのか、昔のものに比して劣つてゐる點で大さうなさけないことである。首くゝり上人の話にしても昔もあさましかつただらうし、今日でもやはりあさましいのである。大正時代の小説家の考へ方は文藝の人情の救ひ方といふ點の未熟さで困つたものであつた。それは外國の作家をまねる方法が、大さうあさましく未熟だつたからであらう。

金剛山とか生駒の山なみも仙人に大分に關係がある。生駒仙といふのは寛平のころ、高安の附近から生駒へ上つて山中に住んでゐる。ついこの間、まだ二十年もまへのことだつた、生駒の山中で鬼神を使つて雨を降らす修業をなしとげたといふ行者がでて、本當にその行をつとめると、日を定めて人に告げたので、村中の小學校が空になつた。子供の親たちが、一生一代の見物だといふので、學校を休ませてつれて行つたのである。雨が降つたかどうか大切な點を忘れたが、河内側からきた見物人は雨傘をもたなかつたと、大和の方の見物が云つたのをきいた。平野のまん中の狹い山竝みだが、今でも邊鄙の土地が殘つてゐるのである。

久米仙人の場合も修業の話はよくは傳つてゐない。大和吉野の龍門寺で仙になる修業をしたのは、久米仙ともう一人アツミといふ先輩があつて、同時に始めてアツミは既に仙になつた。このアツミといふ仙人は「扶桑略記」に醍醐天皇のころの故老の傳へてゐた龍門寺から飛行したといふ三人の仙人の一人であつた安曇仙のことだらう。その三人といふのは他に大伴仙と久米仙をあげてゐる。同書によれば、このうち大伴仙の仙室は基だけを殘して舎はないが、他の二仙の仙室は今に殘つてゐるとある。但し久米仙の仙室といふのは久米寺のことを云つてゐるのでない。久米寺は久米仙が再びたゞの人になつてから建立したのである。さて漸く仙になつた久米仙が女人の脛を見て通力を失ひ下界に墮落し、その衣を洗つてゐた女と夫婦になつた話は誰でも知つてゐる。「徒然草」の著者は、仙人の通を失つたのももつともだと大さう同情してゐるが、この法師のかいた文章の中で、さういつた點で色々人情の機微を圓滿にのべて、當時の人の人生觀をおだやかに示すやうなところは、あまり教科書として好まれないやうである。世の中が新體制になつても好むところはさして變らず、新體制型美人を決定するために相談會を開いたりしてゐるのは、生駒山の雨降らし行者より多く人心を動かすだらうかと思はれる。もつとも兼好といふ法師が、太平記にいふやうに師直のため艷書を代筆し、あるひはのちに招かれて行つた橘成忠のもとで、その姬と通じたといふ園太曆あたりの話から、不適當な作者といふなら、事は單に愛情や好色の文章のみいけないとは云へまい。

久米仙の話は今昔物語に久米寺の緣起といふ形で書かれてゐる。彼に土俗の匂ひの濃いのは、吉野の龍門寺などで修行したからであらうか。龍門寺は義淵開基にかゝる大和五寺の一だが早く廢滅し、元弘三年の下乘標石が大門址に殘つてゐた。千載集では能因がこの寺に詣で、仙室に歌をかきつけたとある。ともかく新思想の修業をしたのにかゝはらず、この仙人には一寸も新智識らしさがないのである。そのせめを樣子の違ふ龍門寺のせゐとするのは本末の顚倒である。民間に傳つた文藝だから、土俗性ばかり殘つたとも云へようし、仙といふ考へや思想が、土俗性を征服できなかつたといふことも考へられる。さうすれば、フアンタジーにとんだ文化の支配相をみることは文化史の問題の一つと云つてもよいだらう。仙人思想の場合に日本の土俗は新思想を根柢的に撃退したのである。問題といつたがさらに検證と云ひかへたい程である。このことは公の文化でなら、空海と最澄といふ形にもなる。私は小學生の時の修學旅行にも、中學生の日の圖畫の寫生にも、久米寺はなじみ深く久米仙の話も古くに憶えた。橿原神宮のお隣りだから、小學生の修學旅行では、神域を汚してはならぬと、こゝで休憩し辨當を攝つたものだ。

今昔物語によると、久米仙が例の衣を洗ふ女と夫婦になつたのち、馬を賣つたとある。吉野川のほとりで馬の賣買をしたといふは、少し疑ひたいが、それは機會あつて郷土の經濟生活の歴史を知れば、吉野と馬の關係もわかるだらう。何分にも時代のわからぬ古い頃だし、吉野が馬を主とした兵を防ぐに適してゐたといふのは南北朝以後の話だから、今でも馬のひく荷車さへ牛車といつてゐるこの地方でも、久米仙のころ既に馬の賣買が時には行はれたとしてもよい。もつとも馬を商賣にしたとあるのでなく、馬を賣つたといふだけのことが書かれてゐるにすぎない。しかし久米仙がたゞの人になつてのちも、その馬を賣つた渡し文に、前ノ仙久米と書いたといふのは、あゝいふことで通力を失つた仙人の面目の躍如としてゐると思はれ、こゝは今昔物語の作者のためにくりかへし賞讃したい。大へんよく描けた文章で、話の仙人の姿をよむ者の眼前に彷彿たらしめるものがあるではないか。しかもかういふ插話だけを拔き出してきても、今日のやうに人の思惑がことさら複雑ぶつてゐる世の中で、諷刺の極となり得る。しかしこの一句をよんでは誰も久米仙を嗤へはすまいし、その人の心持に素朴な美しさを感じない者はない。すごい神通力をもつて、他人の人生の裏を見透したり、恐怖を與へたりする仙人の代りに、今昔の作者は、といふより廣く我々の祖先の日本民族は、仙人の性を愛らしく創つた。日本の仙人の記録が國際競技で貧弱なのも、かういふ理由の下では當然と思はれる。しかし久米仙の心持のよさは、さらに久米寺縁起といふ完備に於て首尾とゝのふのである。久米仙が單に下界の女の脛の美しさを見て通力を失つたといふだけの話では、この物語は決して人心の千年にくりかへされて記憶されはしなかつた。物語の裏うちはもつと細心にされてゐたのである。つまり墜落が話の落や終りでなく始まりだつた。しかも首尾とゝのつた上で我々の先祖の話題としては、通力を失つたことにすつかりのポイントが落着いたのである。大正時代の首くゝり上人の式でゆけば、久米仙の墮落で物語は終り、よいかげんに人間性といふ名をつけて、人情の最低線を人間主義といふあのころの文化主義で肯定しただらうと思ふ。ところが今昔物語の時代の小説の文化は若干それより高かつたから、久米仙の墮落で人間主義的滿足をすまさなかつた。前ノ仙久米から、さらに一段上へ文藝の構成を完成したのである。よいかげんなところで人間らしい生活とか、極樂や仙界の解釋を終了しなかつた我々の先祖の文藝は、卓拔な方法と深い慈悲で人生を救ふ小説を與へたのである。日本人は藝術上の僊になれなかつたが、文藝上の崇高な努力は完成したのである。それは久米仙の話でもよくわかる。たゞことがらの無稽のゆゑに今なら兒童走卒の物語だと片づけて了はれさうだが、これを近代文藝の構想に飜案しようとすれば、困難さにしどろもどろして、自身を失ふことだらう。

さうして馬の證文に前ノ仙久米などとかいてゐたころ、つまりその女と夫婦として暮してゐた時に、時の天皇が高市の郡に都を作られることとなり、國の内に夫を催して其の役にあてられた。たゞの人となつた久米仙も役夫に召されて、木材の運び出しに從つてゐた。ところが役夫の仲間同志の間で久米を呼ぶのに、仙人々々ととなへるので、行事官がこれをきゝとがめ、理由をたゞしたところ、龍門寺で修業して仙人になつて飛行したが、衣を洗ふ女の脛を見て墜落した話を語つた。その話を聞いて行事官の輩も久米がたゞ人と異ることを合點して、彼を見るのにもいくらか尊ぶやうなさまもあつたが、さういふ仙を修めた人物なら、たとへさうした事情で通力を失つたとしても、本心に於て仙の失はれてゐるわけでなからうから、かうして大儀に木材を運ぶ代りに、仙の力で空を飛んで運んでくれればよかりさうだなどと、もとより戲れに語りあつたのであるが、久米はその冗談を聞いて内心で、自分は凡夫の愛慾に依つて仙人とはなれなかつたし、もう仙の法を忘れて年久しいが、長く行つてゐた法だから、あるひは今も人の云つたやうなことが出來るかもしれないと考へた。そこで行事官に向つて萬一のことがあるかもしれませんから祈つてみたいと申し出た。行事官はこれをきいて、阿呆なことをいふ奴だと思つたが、うはべは貴かりなんなどとうまく答へた。久米はそこで道場に籠り、食を斷つて身心を清淨にし、七日七夜不斷に禮拜恭敬して心を至してそのことを祈つた。七日七夜は過ぎた。行事官らは久米が冗談をきいてひき籠つて了つたのを嗤つたが、又氣味惡く思つたり疑を感じたりした。ところが八日の朝になつた、俄に空がくもり暗夜の如く雷が鳴り雨が降つて一寸さきも見えない。やがて雷は止んで空ははれたが、そのときに見ると、都を作る大中小の木材はすべて、南の山邊から高市郡の方へ飛んで行つてゐた。行事官の輩は驚き怖れて一せいに久米を禮拜した。さうしてこのことを時の天皇に奏上したので、天皇も大さう感じられ、忽ち免田三十町を久米に施され、それで以て建立した伽藍が卽ち久米寺である。

この話は通俗的にもめでたいしめくゝりであるが、物語としてもよく久米仙をあらはしてゐる。これが日本の代表的仙人の姿であり又性格であるが、全然不逞な性格のないのが大さうありがたい。この仙人は人間性の抑へられた野望面を奔放させて、不逞の仙を人格化する代りに、むしろ人間の愚直なやさしい美しさの方を中心のテーマと示してゐる。一つの實學派の寓話のための作品でなく、すでにはつきりした理想主義風の文藝作品である。しかし文藝作品としての久米仙の方は今日ではもう大方忘れられたやうに見える。

久米仙の物語は波瀾があつて、仙人としては成功したものかどうかよくわからぬところもある、文藝としては成功してゐるのであるが、やはり仙にならうとしてなれず、佛の本尊に救はれた人とでも分類しておく方がその時代の氣持にあふものと思ふ。これに較べると陽勝仙人は修業して仙人になつた殆ど唯一の代表者であらう。「大日本史」には久米陽勝の徒と竝べて云つてゐる。陽勝仙人のことは「日本紀略」の醍醐天皇の紀に、延喜元年八月十五日「覽二童相撲一、其日陽勝仙人飛行」と記録されてゐる。この陽勝仙人の傳を、「扶桑略記」、「法華驗記」等に出てゐる傳記から考へると、仙人は元能登の人、俗姓は紀氏、少より奇異の神童だつた。初め叡山に登つて修業したが、のち吉野の金峯山に入つて仙を尋ねて仙術を學んだ。このころでも吉野には仙人がなほかなりゐたやうである。三年間の修業ぶりは例のやうに穀を食はず、睡眠せず、と云つた形で、この人は元々人に慈悲深いのみならず、蚊や虻のやうな毒蟲にも飽くまで自分の血を吸はせるといつた性だつた。夏は金峯山で修業し冬は牟田寺へ下つて業をつとめたが、のち牟田寺へ移つてからはいよいよ本式の修業を初めて、日に粟一粒を食ふのみであつた。つひに延喜元年八月に吉野の堂原寺のあたりを飛行したといふのはさきに書いたが、法華驗記には、陽勝が永去したあとは、たゞ松枝に彼の袈裟がかゝつてゐたのみで、仙人の行方は烟霞跡をとゞめなかつたと書かれてゐる。そののち陽勝仙人のことを報告したものは吉野山の練行僧恩眞その他であつた。その報告によると陽勝の仙人になつてからは、身中に血肉なく、異骨奇毛を生じ、兩翼をそなへて、虚空を飛行するのが、麒麟鳳凰の如くであつた。龍門寺の北峯で見たこともあるし、熊野でもながめた。又ある時石室に籠つて安居してゐる僧に白飯をくれた童子があつて、それを食ふと甘味たぐひなかつたが、童子は自分は陽勝仙人の弟子である、この食物は仙人の志であると語つた。陽勝仙人が永去した延喜元年より二十三年目の年、金峯山で東大寺の僧で仙人にあつたものがあつたが、これは一等最後の消息らしい。こゝで云つた扶桑略記は法然上人の師と云はれる皇圓の撰である。又法華驗記といふのは、本式によべば「大日本國法華經驗記」は後朱雀院の長久元年（一七〇〇）首楞嚴院の鎭源の撰したもので、上梓は享保二年、その間實に六百年のへだたりがある。

なほこれは今昔物語の話だが、この陽勝仙人が飛行中に昔の師であつた西塔の千光院の淨觀僧正の誦する尊勝陀羅尼を尊び悲しんで、房の前の梠の上でそれを聞いてゐたが、そののち呼び入れられて中に入り一夜年來のことを語りあかした、さて朝になつて歸らうとすると身體が重くなつて飛行できない。やうやく香爐の烟を近く寄せて、その烟にのつて空に昇つた。この話も日本の仙人らしい味はひの深いものである。そのことのあつて後は淨觀僧正は香爐の烟を絶やしたことがなかつたと云はれてゐる。さうして叡山では八月の末ごろになれば、きつと陽勝仙人が飛行してきて經をきき僧正の遺蹟を拜すると云ひつたへた。陽勝仙人の飛行したのは吉野から熊野、北へ飛んで叡山のあたりに限られてゐた。しかもその仙人は今昔物語の傳へたやうなやさしい插話の持主であつた。撰年著者共に不明であるが恐らく鎌倉時代の初め既にあつたと思へる「古事談」にも、この仙人が中空を飛んでゐて人の誦ずる法華經の聲にしたひよつた話がでてゐる。如何にも中有の空をふらふらさまよつては、舊師や御經の聲をなつかしみありがたがつてしたひよつてきたあはれつぽい仙人である。中有といふのは冥途とこの世の中間といふが、さういふ空間をふはふはととんでゐた感じのするやさしい仙人である。彼の姿こそ日本の仙人の姿と思はれる。

この陽勝仙人の殘した飛行の最高記錄を、他の國の仙人の記錄と比較してみるのも一興である。孫悟空は猿の長じて神通力を學んだものにすぎなかつたが、彼の飛行速力は光や電氣の速さよりさらに速かつたやうである。光や電氣より速い飛行力といふものの存在がどういふ時間秩序の變革をうむかといふことは、我々の想像では及び難いことである。しかし私は多くを知らないから、日本の仙人の記録の中には、陽勝仙人に勝るものがあつたかどうかについて云へないのである。役小角などはたしかに海を渡つて海外へ飛行してゐた。しかし私はさうした知識について云つてゐるのでなく、現代と將來に必要な文藝の批評のための根柢の確立を考へてかういふことを云つてゐるのである。

　陽勝仙人や久米仙は仙人にならうとした人であるが、太古より傳へられた浦島子はたゞ一つの記録を除いては、仙人にならうとせずして、仙境の生活をした人であつた。さうしてその一つの例外の記録も新しい上に文藝的には有力でない。一體に仙人になる學問の我國で行はれなかつたのは、民族性が、修業よりも浦島子の如き機縁の方に共鳴したからであらうか。陽勝仙人や久米仙に表現された日本の仙人のやさしい又あはれつぽい性格も、浦島子物語の方に共鳴した民情に一脈通じてゐる。日本人には仙を學ぶことより浦島子の方が好みにあつてゐたのである。

　浦島子傳説は、日本書紀の雄略天皇の紀に、「二十二年七月、丹波國餘社郡、管川人水江《みずのえの》浦島ノ子、乘レ舟而釣、遂得二大龜一、便化爲レ女、於レ是浦島子、感以爲レ婦、相逐入レ海、到二蓬萊山《とこよのくに》一、歴二覩仙衆一、語在二別巻一」云々、と出てゐる、こゝに云ふ丹波國は和銅六年五郡を割き、丹後を置れて後、與謝郡は丹後國に屬いた。

　水江の浦島子の物語は、近世になつて浦島太郎といふ名をつけられるまで、初め堂々の國史に誌されつゝ、しかし稗史小説に流布し、さらに兒童のよみものにまで及ぶ一大文藝となつたのである。さういふ一つの物語のテーマは、民族人情に適したために流布したわけであるが、さうした一つのものが成長し、たゞ一つ流布する過程では、ずゐ分澤山の同根に發したもので、何かの都合では形を變へて成長すべき文化様式の物語や文化そのものを萌芽状態に於て征服し、あるひは抑へ或ひはかりとつたものである。しかもさういふ状態は、文化史的な史觀から云へば、無知の領域に於てなされ、影響の殘影も無知の領域にきざまれてゐるわけである。だからこゝで何かの都合でと云つた、この内容は多分民族といふものでまとめてもよいと私は考へてゐる。一つのものが大きい勢力をなして成立したために萌芽状態で消滅したものをさがし出すといふことは、土俗の學問のために必要であるかどうか私にはわからぬが、變革期の文學の構造を考へる上で必要である。

　しかし浦島子が浦島太郎となる途中で、書紀に云つてゐるとこよのくにといふ感覺は文藝としてなくなつた。古代の人が朝戸を開いて何か奇態の世界を戀ひつゝきいたといふ、とこよの濱の波の音などといつた今日では無比に新鮮な文藝感覺は、最も古いころにあつてもう中世ではなくなつてゐる。とこよの國を蓬萊島として仙境風に考へることよりも、神代に近いころでは現實の國だつたやうに云はれた。しかしあの萬葉時代の今の感覺から考へると驚くべき美の憧憬感覺が、浪曼的な發展方向を失つて、中世のあの完備した美學の中にさへ、すでにとこよのくにの波の音をきくといつた形の感情がなくなつてゐるのは大さう殘念である。萬葉のころにあのやうな歌があつたことは、實に何とも云へないほど驚異すべきことと今の美學でなら考へられるが、實際當時に於ては、とこよの國はもつとあきらかなリアリズムだつたわけであらう。しかしさういつたところが、さういふリアリズムが自體として無比に高次な浪曼性を荷つてゐた、又浪曼性が現實だつたのである。浦島子の訪れた蓬萊島《とこよのくに》の思想は、神代の昔からあつたものとされてゐる。しかし固有のとこよの國といふ觀念を書紀の編者たちが、彼らの新知識から蓬萊島といふ字を概念にあてたものであらう。それらについては大てい人々がある種の類推とこじつけで面白くしてゐる。土俗的には浦島子傳說の分布も知られた。海幸山幸傳說の海の宮のあつた國なども、海底か海中かにあつた別の仙境と見られてゐる。浦島子傳說も後の浦島太郎のお伽噺では、蓬萊國を龍宮と改められるが、この龍宮は海幸の海の宮と異つて近世の文藝の合理觀の創作である。だから浦島子の話は、佛教と結ばれない神代ながらの思想であると云へる點で、意味の深さもあつた。しかしさういふ完全の文書の闇を擁してことを斷じるのは、今さしあたつて私の考へて斷定したいこととちがふのである。浦島子を祭つた社といふのが丹後國與謝郡にあつてあさもがはの明神と云つたと言はれてゐる。「無名祕抄」著者鴨長明は、その社の話をきいて「物さはがしくはこを明し心に神と跡をとめ給へるは、さるべき權者などにやありけん」と評してゐる。萬葉集九の「詠水江浦島子一首竝びに短歌」はかなりの長篇であるが最古の浦島子傳說の文藝だからひく。

春の日の　霞める時に住の江の　岸に出でゐて
釣舟の　たゆたふ見れば　古の　事ぞ思ほゆ
水江の　浦島子が　堅魚《かつを》釣り　鯛釣り矜り

七日まで　家にも來ずて　海さかを　過ぎて榜《こ》ぎゆくに
わたつみの　神の處女に　たまさかに　い榜ぎ向ひて
相語らひ　言《こと》なりしかば　かき結び　とこよにいたり
わたつみの　神の宮の　內のへの　細《たへ》なる殿に
たづさはり　二人入り居て　老いもせず　死にもせずして
永世《とこしへ》に　ありけるものを　世の中の　かたくな人の
吾妹子に　告《の》りて語らく　須臾《しまし》くは　家に歸りて
父母に　事をも告らひ　明日のごと　吾は來なむと
云ひければ　妹が答《いへ》らく　常世《とこよ》へに　また歸りきて
今のごと　あはむとならば　この篋《くしげ》　開くなゆめと
そこらくに　堅めしことを　墨江に　還り來りて
家見れど　家も見かねて　里見れど　里も見かねて
恠《あや》しみと　そこに思はく　家よ出て　三年のほとに
墻もなく　家うせめやと　この筥を　開きて見てば
本のごと　家はあらむと　玉篋　少し開くに
白雲の　箱より出でて　常世《とこよ》へに　棚びきぬれば
立ち走《わし》り　叫び袖ふり　反《こい》まろび　足ずりしつゝ
忽ちに　心消《け》うせぬ　若かりし　はだも皺みぬ

黒かりし　髪も白けぬ　後々《ゆりく》は　息さへ絶えて
後つひに　いのち死にける　水江の　浦島子の
家どころ見ゆ

反　歌

常世邊《とこよへ》に　住むべきものを　劍刀《つるぎたち》　己《し》が心から　おそやこの君

浦島太郎が助けた亀につれられて龍宮に行つたといふのは、ずつと後世の話である。古來は龍宮でなく蓬萊國《とこよのくに》であつた。海に出て釣するうち異常の大龜にあつて、浦島子が奇怪の思ひがして舟中においてゐる中に、しばしまどろむほどに眼ざめると龜は美しい若い女に變つてゐた。これは古い浦島子の龜の物語である。常態をはづれた大きいものは、何か神祕な支配力を生活心理に及すものであるが、一般に龜といふものが上代日本人の生活心理に占めた特別の場所があつたといふことについては、まだよく調べてゐない。高山彦九郎の、われをわれと知ろしめすかはやの詠はやはり彼翁が、近江の湖から得た大龜を何某の公卿を通じて天覽に供し、しかるのち龍顏をひそかに拜した折の感銘の作だともいつてゐる。これは申し訣ない餘談であるが、高山翁が龍顏を拜したことは、近代囘天祕史に於ては、浦島子が大龜を得たより重大なことであつた。恐らく浦島子が大龜を得なかつた場合には、いくばくか我文藝思潮は今日と異つたであらう、しかし高山翁が近江の湖の大龜を得たことは、今では正面の歷史に對してよりも、裏面史の重大事である。さうして我々の希望は今の歴史の表裏をかへさねばならぬのである。しかしわが文藝史を考へるものにとつては、浦島子傳説は、それが單に廣く長く各分野に分布したといふこと以上に、別の意義で重大である。ある勢ひをなした文藝のイデオロギーは、恐らく同時に發生したいろいろの文藝のイデオロギーを征服し、同時に後にあらはれる萌芽をも、むしりとつて了つたものであるといふことは先ほども云つたが、さういふ意味でも一つの物語の時代をかけての成功といふ事實は、歴史を考へるとき輕々に扱つてならぬのである。卽ち浦島子傳説が、わが文藝の思潮史に及した影響といふことは、それの流布を考へた上にくる問題としてあらはれる。大日本史風に「有レ之、無レ稗二於國家一、無レ之、不レ損二乎治體一」と云つてもよいが、深く人心と文藝の表現を考へる歴史政治學の立場からは、浦島子傳説は廻りくどい作用を日本の形成といふ點に及してゐるだけに無視できないのである。我々はさういふ觀點から單に傳説についての土俗學とか、國際的共通性の分類などといふことを考へるのでなく、我國の形成に及した作用だけを考へることは、すでにくりかへした通りである。

　浦島子傳説の記述では、「釋日本紀」が詳細であるし文藝的にも傑れたものと思はれる。ト部懷賢が後嵯峨天皇後深草天皇のころに撰したといふ本書には、國史にもれた古記錄や古書の逸文も多く見られて貴重なものとされてゐるが、この浦島子の傳説でも、卽ち「丹後國風土記」の記事を引いて、最も古い浦島子傳をのべてゐる。與謝郡日置里の筒川村に住んでゐた、筒川嶼子といふ「姿容秀美、風流無類」の若者があつた。これが世にいふ水江の浦島子である。浦島子が三日三夜釣して何も得ずつひに五色の龜を得た話はさきの萬葉集の歌と同想である。しかし浦島子が船中で假睡中にその龜が忽ち美しい娘に化してゐて、それから浦島との問答や、約束をして仙宮に住み、さらに最後の玉篋の話まで、こゝに描かれてゐるのは、萬葉集の歌よりはずつとよく出來た物語である。

美しい娘を見た浦島子は、娘に向つて、陸からこられたわけもなし、海底に人が住むは承らぬが、あなたはどこからきたかと問ふ。すると女は有名な風流の士がたゞ一人蒼海に舟にのつて浮んでゐるから、近づいて話したいと思つて風雲にのつてきたのだと答へた。さてそのさきに浦島子が龜を得たとき心に奇異を思つて船中に置いたとあるが、それ以外の說明はないから、この奇異にはどれほどの內容が當時としてあつたものだらうか。さういふ神異のものを直ちに逃がさず船にとゞめておくのが當時の常態のことか、あるひは龜をとゞめておく心づもりがなくとも、世のつねでない龜が自分の神祕力で船中にとゞまり、いつか浦島子が假睡させられたものといふ物語なのであらうか、さういふわけもなくある種の信仰はそのさきからあつたものか、いづれかは今の考へだけでは決しかねるが、後世の浦島太郎は龜に恩をほどこし、返禮にその龜にのつて龍宮へ案內されたやうにして了つた。さうして龜の主君筋にあたる龍宮の乙姫の寵愛をうけたといふ話となる。この話は封建的な教訓のしくみになつたものであらう。さうして昨今では、お伽噺はいよいよ教訓的となつて、その上に海の中の龍宮といふので鯛や鮃の舞踏までさせてゐるのは、合理主義のつもりであらう。そのころにはあの漂渺としたとこよの國の古代的詩情は、詩情としての奥はもとより、古代人の現實の世界觀としても、勿論失念されねばならなかつたのである。

さて女がさういふ返事をしたので、浦島子は重ねてその風雲はどこから來たのかと問うた。そこで女は、自分は天上の仙家の人ですと答へた。さうしてさらに、疑はずに、相談の愛に乘つてくれないかと云つた。相談の愛に乘るといふことばは、この丹後國風土記にあるまゝのことばで、何分今の言葉で云ひかへるに適したものがないし、まして天上仙家の女と、濱邊の風流士の間の話あひだから、一そう今の野卑な愛情用語では困難だ。このことばをきゝ、浦島子は女が神女であると知つて、何か懼しいやうないぶかしいやうな氣がした。女はさらに、自分の心持は天地と共に畢り、日月と共に極るやうな永遠の眞情であるが、あなたの氣持はどうであるか、まずその返事はあなたからして欲しい、といふ、浦島子は、さうおつしやる以上に自分にも他のことばはない、しかしどうすればよいかがわからぬと云ふ。女はそれはもつともだからと云つて、たゞあなたはその棹を自分の云ふまゝにして蓬萊山の方へ廻しておけばよいのですと、それから浦島子は女のなすまゝに從つてゆくと、女は浦島子の目をふさがせた、さうすると不意の間に海中の島へたどりついてゐた。そこは地は玉を敷いた如く、闕臺晻映、樓堂玲瓏と本文には形容してあるが、殿舍は光りかゞやいてゐる。見たことも聞いたこともない話であつた。手を携へてゆつくりと歩いてゆくと大きい邸宅の門のまへへ出た。女はそこで浦島子にしばらくお待ち下されば門がひらくと云つた。やがて門が開いたので中へ入ると、七人の美しい少年がきて、浦島子を見て、龜比賣の夫だとさゝやいてゆく、又八人の美少年がきて同じく龜比賣の夫だといふ。浦島子は初めて女の名を知つた。そこへ女は歸つてきたので、さきに見たこと聞いたことを語ると、女はあの七人は昴星であとの八人は畢星だと教へる。さうしておじけ氣持の浦島子を力づけて御殿の中へ入ると、姫の父母も待ちうけてゐて浦島子を迎へ、定座につけてから、人間と仙界の別など色々のことを語り、人神偶會の喜びを述べるのであつた。

　さうかうしてゐるうちに百品の芳味が運びこまれ、兄弟姉妹らと杯をあげて獻酬してゐると、隣里の幼女らもきて浦島子を歡待する。「紅顔戲接、仙歌寥亮、神儛逶迤」とやはり本文では形容してゐる。その歡宴は人間界の萬倍にもあたつた。全く日の暮れるのも知らないさまであつたが、黄昏のころになつて群仙は漸々に退き、あとには姫が一人殘つた。そこで肩を雙べ袖を接して夫婦の理をなした。

　かうして仙都に遊ぶこと三年、浦島子は舊俗や故郷のことをすべて忘れてゐたが、急に望郷の心が起ると、兩親のことを思ひ出しては吟哀の情がしきりにわくやうになつた。あれこれを思つて嗟歎する日が增してくる。姫がこの日頃の君夫の樣子が常時と異つてゐるのは、どうした訣であらうかときくと、浦島子は古人の言に、小人懷ㇾ土狐死首ㇾ丘とあるが、今思ひがけない始末で、その言葉が身につまるのである、と答へた。姫はそれはあなたが歸りたがつてゐるのだと云ひ、浦島子は俗を離れて遠く神仙の界に入るまへにもう一度父母を孝養しておきたいと思ふからだと語つたり、二人の間で色々の辯解や約束やあるひは別離の悲哀をのべたことも書かれてゐる。ともかく一度故郷に還ることとし、姫は途中まで送つてくる。姫は玉匣をとつて、自分に又會ひたければ決してこの匣を開けてはならぬと教へた。さうして共に舟に乘つて、來たときのやうに眼をつむらされ次に眼をひらくと、故鄕の筒川村についてゐた。しかし上陸してみると村も人も變つてゐて、眼に殘つたものがない。鄕人にきくと遠い昔のことに水江の浦島子といふ若者が一人海中に釣してゐてつひに歸らなかつたといふ話は故老から傳へ聞いてゐるが、語りついだ老人の年をくればもう三百年もの昔のことだといふ。この風土記に三百餘歳といつてゐるのは不思議である。書紀に雄略天皇の時とあり、風土記もさうなつてゐるから、こゝで三百歳は數へられぬわけである。ともかく浦島子はこの話に驚愕して、里中をかけ廻つたが、勿論故親の一人にも會はない。とかく旬日を送つたが、玉匣を撫しつゝ神女のことを思ふと先の約束を忘れてそれを開けた。すると中を見ないうちに、芳蘭の體を爲したものが、風雲に率ゐられて、空にまひ上つた。浦島子は姫にも再び會ひ難いのを知つて、泣き叫んで走り廻つたが、淚をぬぐつて歌つた、

常世邊《とこよへ》に雲たちわたる水江の浦島の子がこともちわたる

すると空から神女のよい聲のひゞきで返歌が傳つてきた。

大和へに風吹きあげて雲ばなれそきをりともよわを忘らすな

それをきくと浦島子はさらに戀慕に耐へ難くてまた歌つた。

子らに戀ひ朝門《あさと》をひらきわがをれば常世の濱の波の音《と》聞ゆ

この浦島子の歌つたとこよの濱の波の音をきくといふ歌は、さきにも云つたが、今の心

でよんでも象徴體のよい歌である。何はともなく心に殘る歌の一つである。我らが今の心のあくがれから時たまに聞きたいと思ふやうなところの濱の波の音といふ感じのものが、なほ我々の血の中に殘つた形の古代の生活の記憶の影であるといふやうな文學的になりうる說にも、私は特別に耳を傾けない。さういふ空想の合理化を文學的に變貌するのは、別の能力だし、文學化された空想力はいくら尊んでもよい。さうでない時には私は人類や文化の進歩を、いつだつて太陽系の成立からとくやうな例の人々に步調を合せるものでないからである。それゆゑ浦島子傳說が、海の生活をたつきとした人々の間に生れ、漂流といふ事件のつきまとつた彼らの生活のうんだファンタジー文藝だなどといふ形ですましておきたくないのである。我々に必要なことは、浦島子を訪れた女性の性格にも問題があるし、さういふ女性の描き方やさらに後世の人々の試みた變形の方法にも一そう興味がある。この女性を民族的な女性として描いた點では、大和へに風吹きあげての歌までうつした風土記の最も古い物語が、やはり一等すなほで、又すぐれてゐたのである。

しかし浦島子の物語が近世になるまでに變形させられたあの形と、たとへば道成寺物語の女性が、近世文藝の中で一そう露骨に變形させられた形とは、較べると興味もあるし、さういふ較べ方をていねいにしてみたいと思つた日もある。この二つの傳說は、日本人好みとまで云はずとも、日本の女性の性格のある本質的なものを各々もつてゐるのである。だから、變形過程のうちに雲泥の差がつくとすれば、これは民族性の問題の方から解決する一方で、文藝の自體のテーマの方からも說き起さねば仕方ないわけだ。さういふものが文藝のもつ自身の民族的法則を明らかにする文藝の學問だと私は思ふ。清姫の炎は、一つの寓意ないし比喩であるといふ解釋が、德川時代の俗書の中へ出てきてももう不思議はない。我々の問題はさういふ考への運び方にあるのでなく、浦島子の物語の時代による變化の中にその個々に當つて日本の何をよむか、といつたことである。さうして物語の變形といふ形でうけた待遇を通して、日本を形成した力の及ぼしたり及ぼされたりした事情を、民族の精神生活に還元して知る必要が先である。

さうした意味からは、浦島子物語と道成寺傳說の比較などといふ形で考へられるものは、ずつと純粹にと云つてはをかしいが、ともかくさういふ云ひ方も出來る程に、文藝の內からの問題のテーマとなる。いづれにしてもこれらの物語は、色々に描かれたし、又描かれた時代が、長く、いつの世の誰れの、といつた形で、澤山の浦島子物語や、道成寺作品がある點で、我々の考へをたどるのに大さう便利であつた。これを史上の文藝の方で考へたら、業平とか小町、あるひは和泉式部といつたものは、今いふ文藝や學問の世界から、土俗や俗傳の領域にまたがつたものである上に、いつの時代にも日本の文明の表裏に出現してゐた點で、これから先々に日本の史的文藝を考へる人の好ましいテーマとなるだらう。彼らは歌の歴史の中央文化上でも劃期の存在であつた、それは過去と未來を共に照らすやうな人々である。

さて浦島子の方は堂々とした最古の國史にも誌された人物であるが、それに比して道成寺の方は傳說の成文化の上でも新しい。だが道成寺の女性が、日本の性格を示してゐる重要な人物であることはもうさきに云つたことだ。しかし私は日本の仙人のことを言ふのに、萬葉集にあらはれた神仙思想を述べると云つた形で、今までしてきた式の學問上の考へ方をしてみたのでない、學問がさういふものであつてはならないといふことは、何度もくりかへすやうだがこゝでも云つておかう。私はいつの世にもあるインテリゲンチヤの異國好みや、中央文化のお化粧のふりとか、それらのダンデイズムだけに、史的な文藝思潮の問題の重點をおく所謂文藝學と云つたやり方に附和しないのである。これは私が世間の風向きをまともにうけてものを書いてゐる批評家だといふことを、自覺し自負した上で口にするのである。又思ひついたことだし、云へることだと信じてゐる。

「扶桑略記」の記事では神女が浦島子にまづ仙界の事情や仙人のくらしを語つて浦島子を誘つた如くに出てゐる。他は風土記と大同小異だが、文藝として著しく劣つてゐる。「浦島子傳」は漢文の調子に華飾があり、しかし別に一興をそへるものでない。この本は近世になつて元祿十一年三月に木下順庵が校正した。原作の年代は未詳だが延喜二十年以前らしい。この書にもれた諸傳を誌した「續浦島子傳記」といふのは、承平二年(一五九二)校訂の由がのべられてゐて、延喜二十年八月の作とある。しかしこの文章では浦島子が修業してすでにある程度仙術を得てゐた如く誌してゐる。神女ともとは夫婦であつたが、故あつて我は天上に生れ天仙となり、君は地仙として水江のほとりに住んでゐるのだと女に語らせてゐる。かうした形式をとつて、その他の敍述に於ても當時の新知識による解釋の作用が濃厚である。つまり時代の合理精神の反映が濃くあらはれてゐる。さういふことは、單に房中のことを形容した美文の運び方にもよくあらはれてゐて、その點華麗の文章であるが、さきに書いたものより感興は薄い。

なほ釋日本紀のひいた風土記の文章の終りに、浦島子と神女の贈答相聞の歌をしるし、それに追和した後人の歌二首をあげてゐる。

水江の浦島子が玉匣《たまくしげ》開けずありせばまたもあはまし

常世へに雲たちわたる多由女久女波都賀末等われぞかなしき

浦島子の歌をかなしんだ追和であらう。そのとこよの濱の波の音をきく心は、生れぬさきを戀ふ如き心と今なら思はれるだらう。さういふやるせない心のノスタルヂーで出來あがつた物語を、ことさら仙界歡喜圖にかへたのが、續浦島子傳あたりもそれを示してゐて、ある時代の思想だつた。すでに古い記錄が、現實の關心をさうした象徵的文藝に變貌し、浦島子の性格にも、神女の人柄の中にも、あるいらだたしいやうな、わびしいやうな、愛欲の淨化を表現したのちに、因果の理や歡喜の圖に重點をおきそれを以て物語を變更しようとしたやうなことも、いはゞ外來新思想のある一時期の露骨なさうしてなさけない影響の明らかにあらはれたものである。しかしさういふ物語が、時代の衰へと共に、武家時代になると報恩の教訓物語となり、封建の世の主君の臣下への思ひやりをイデオロギーとして、すつかり物語は改められたのである。かうしたお伽噺の封建的殘存物はすつかり洗ひおとして古代の美しさにかへす必要がある。我々が現代文化から自然主義發想を驅逐せねばならぬと考へるのは、つまりは封建の惡い殘存を追ひ出すことである。

尤も現代に於ては浦島子物語を世界的に分布した漂流者のフアンタヂーとするやうな説が有力かもしれない。あるひは傳說の學問からの物語を何節かに分類し、その一々が國際的な何に當るといつたことを主として云ふのである。しかし私はさういふ形でものの來歷やなり立ちを明らかにしようとする者ではない。しかしさういふ論者は、浦島子が天長二年歸鄕したとき、同じ時に彼と同閭から出てをられた淳和天皇の皇嬪の所持されてゐた篋を鑑定した話が元亨釋書に出てゐることなどをありがたく感じねばならぬであらう。

お伽草子の系統から糸をひく民間文藝風の解釋を加味した傳說の變化には、いはばそれも一種の文藝化だが、今のことばで言うてゐる文藝敎化のみちと似たものがある。私は今日の敎化文藝の動きには、自分がひき出して今もつてゐる史上の事實によつて考へるとき、文學者としての立場から、文藝のために絕對に贊成しがたいのだが、それかと云つてその反對の意味から自分の文學者の立場として敎育を念とすると宣べるやうな心もちにまでなりきつてゐない。大勢は何とでもなるまゝでもよく、すべて現在の問題としては、我々はたゞ志をもつ人がおのづからに結びあへばよいと思つてゐる。浦島子の仙界での時間關係を新しい物理學でといたのは近ごろあつたことだが、さういふ興味と云ふものは、多分にお伽草子的な合理主義の系統に屬してゐるものだといふことは、文藝と民衆の關係を指す藝文の心理の上からは考へられるのである。

お伽草子の浦島は浦島といふ男の長男卽ち太郞と云ふこととされてゐる。これはのちに望鄕の心の起つた浦島子が父母のことを口にしたことを、初めからつまを合せたものであらう。さうしてこの時分から浦島子は助けた龜につれられて龍宮城にゆくといふ話になる。これは云ふまでもなく佛教の放生の功德といふ思想からきた考へ方で、その時代思想に對するつじつまの合せかたの一つのあらはれである。だからこゝで浦島太郎がうつくしい女性にあふのは、龜を助けてやつた翌日である。翌日又浦島は海に出ると海中に一片舟が浮んでゐて一人の美しい女性がゐる。ことわけをきくと、同船の者がみな難船した時、自分だけはこのはし舟に助けられたのであつたが、そのまゝ波にまかせられて、今はもう鬼の島へでもゆくより他ないと、悲しい思ひがしてゐたところであつた、幸ひあなたにあつてどれほど嬉しいか知れない、たのみに思ふから何とぞ本國へ送つてくれと、かきくどきさめざめと泣いた。それから龍宮へゆくが、ゆく途中もなほ浦島は龍宮へ行くといふことは教へられない。このお伽草子の話で女が自身はかつて浦島に助けられた龜であると告白するのは、浦島が再び故鄉にかへるまへである。この話は足利末期に出來てゐたものらしく思はれてゐるが、話の中での初めての女性出現のところや、最後に龜であつたことを告げるといふ組みかへ方は、浦島の話が相當流布したことを前提としてゐるわけだが、さういふ前提の上で、文藝技巧としては大さう小說らしくなり、我々の世へ近づいてゐることを知りうるものであつた。

ある文藝の地盤が物語の形で民衆の中へ入つて了つた狀態を基礎にして、もう小說といふべきものを描くといふことは、これはかなり近代的なものである。このやうに小說が親の一體から離れる、つまり分離といふことが文化上にあるために、天才とその時代の民衆は無關係でなくなり、よい時代には澤山の天才があらはれた。文藝作者が民衆のもつ文藝地盤ともいへる教養に立つて、それを自在にほぐしたりくみ合せたりして、短篇小說を新しいさういふ技巧でかけるやうになつたのは、足利時代の中期より後である。それが王朝美學とどのやうに變つてゐるかとか、その低級さは何で救はれたかといつたことはともかくとして、こゝではこれだけの事實が、作品の幼稚さとは別な意味のあつたことだけをいふのである。さうしてこのことは單に具體的に事件や筋のある物語が、民衆の中にゆきわたつて、一つの文藝作品の地盤となるといふだけでなく、一般に文學的な記敍方法とか、心理描寫又は發想といつたものが、同じ形で地盤となつてゐるわけである。これは云ふまでもないことだが、その上で、だから文明の傳導とか進歩といふのは必ずしもものの上へものをつみ上げるとか、雪だるまを無限にころばせてゆくといつた比喩で云へないといふことになれば、一つの文明論の意見となる。しかし文藝の場合には大體つみ加へてゆく努力よりも、發想の變化によつて、ほぐし方から、ものの廣さを寫して、人生の複雜をひそかに表現しようとしたものである。さうしてさうした方向にすなほにすゝめばよいが、必ずしもうまく進んだわけでない。これは千年以上日本の文藝として存續してゐる、久米仙人や浦島子物語で私が具體的に文藝の反進歩ぶりをのべたところである。ところがさういふ進歩に反對するわけは、大體時代々々の人々が、當時の新來文藝思潮によつて、永い傳承の小說によい氣で手ごろの解釋をしたり甘い美文をかいたからである。

しかしさういふ點ではお伽草子など、かへつて土着の民衆の日本を土臺にしてゐたから、素樸ながらもある進路を示し得た。いつの時代でも知識人といふのは多少とも頭の中で異國人的要素をもち、それはそれとしてわるいことでない、しかしさういふ人々がたゞ時勢に卽して甘い美文を書き、しかつめらしく知識人面をしてゐたといふことは、實になさけないことだが、過半の文物にその傾向が眺められる。ところでお伽草子の主旨は、浦島明神の由來記になつてゐる。さういふ點であゝした文學的な省略法や發想が生れたわけもあるだらう。しかしこゝで云つたのは、その點についてである。だから、浦島は鶴になりて、といつた形の文章が、玉手箱をあけたあとへ何の說明もなくつゞいて、浦島は恣意に鶴とされた。さうしてその鶴になつた浦島が浦島明神と祭られるが、後になると妻の龜もならべて一つの社に祝はれた、この浦島明神は放生の功德のゆゑだと結ぶのである。長壽の鶴龜を浦島太郞と龍宮の龜に竝べたわけだが、女性の方はもともと龜だつたから、敍述は出來なくとも浦島太郞を鶴にする理由はあつた。

浦島子の釣した水の江の址といふ丹後國竹野郡網野村の浦島を祭つてゐるといふ網野神社にある浦島子繪卷は、かつて寫眞で一部を見たことがあるが、恐らくお伽草子物語を描いたものだらう。他にも二三の繪卷がある由である。

しかしこのお伽草子では鶴龜の夫婦を祝ふために、まだ龜と龍宮の乙姬をわけてゐない。龜を乙姬の從者とし使者としたのは、もつとのちの合理主義が、民衆生活の文化の中へ入つてからである。龜では不合理だといふので、それに又放生の功德も述べねばならぬなどの理由から、龜と仙女を分離したころには、現實から古代の空想のはげしい後退があるが、その代りに却つて仙人思想の流入があつたと思はれる。それは龜が人間に化身するといふ話より、現實感のある異國物語である。だからこの解釋がさらに一歩近代になれば、これは漂流奇談の一様式だといふこととなる。しかしさういふ解釋は千何百年の生命をもつ浦島子物語の本質を日本のうちらでどんな形にも明白にしない。むしろ浦島子が出てくることによつて日本の代々の時代の人心の姿や思想、趣味、風俗をよく明らかにしてくれるわけである。今日では今浦島といふのは長く本國を離れて出稼いでゐた人の母國の現在に對する知識の距離だけを云つてゐるやうになつた。

　近松門左衞門は浦島を主題にして二つの作品を書いてゐる。近松が今日回想すべき偉大な國民文學者であつたといふことは、かうした細部からも云へることで、しかも彼の描いた悲劇の人物は、後の戯作者と異つて、第一義のものの導きから我國の人情を描き出してゐるのである。しかし浦島を扱つたものは、江戸の歌舞伎所作事に多く、近代に於ても新曲として描かれてゐる。廢曲となつてゐる能の「浦島」を初め、近松の元祿十一年にかいた「浦島年代記」などの他に、作として發達したものはなほ數箇あり、現存する「拙筆力《にじりがき》七以呂波《なゝついろは》」は文政十一年春三月七日より中村座で芝翫の七變化七役で上演したものである。なほ、黑本、黄表紙、讀本の類によつて多少話は變へて描かれたが、近松ほどに思ひ切つて浦島太郎を活躍させなかつた。近松は爛熟した封建下の市民文化の渦中にあつて、どんな場合にもよく國民の本性をうつしたのである。ある種の志にそはない社會の狀態をさへ彼はそのレトリツクの中でむしろ十分に利用し、しかも彼の胸中の火は、古代にうけつがれたために燃えることが出來た。まことに文業を思ふものの學ぶべき人物であつて、その點に於ては、馬琴よりすぐれた上方文士であつた。彼はその時代の誰よりもよく英雄や志士仁人の心もちを知つてゐたし、一面では女性のあるべき本然の性格を了解してゐたのである。さうして彼は日本人が國民として偉大なことを考へた日に、まつさきに思ひ起される文學者となつた。

しかし明治の文學史で回顧される三人の何かの形で大きい作家は、つひにこの國民の傳說人物を彼らの文藝の外におかなかつた。さうして彼らは浦島太郞を描いたことによつて、ある程度彼らの詩人としての眞價を競演した感じもする。こゝで私はそれらの諸家を批評する意圖もないから、感興あるものはついて比較するがよからう。

露伴の「新浦島」、鷗外の「玉篋《たまくしげ》兩浦島《ふたりうらしま》」それに逍遙の「新曲浦島」がその三つである。このうち逍遙の浦島は明治の文明開化思想を代辯し、極樂淨土は人間界よりつまらなく退屈なところといつた思想を表したやうに云はれてゐる。しかしさういふ思想は、すでに傳統の中に見たことで、インテリゼンスの世界では、何の啓蒙ともならなかつたのである。新思想の效力を云ふ場合、インテリゼンスの系譜を無視して、たゞ啓蒙對象だけで測つて誇大視することは笑止である。この逍遙の作は傳統的な浦島の所作ごとに雅樂をとり入れたりして、ヨーロッパ風の歌劇の感じとしようとした點で、時代の趣向を示すのである。新曲は三十七年十一月戰爭の最中に發表せられたが、のち作者によつて改訂され「長生新浦島」として發表されたのは大正十一年春だつた。ともかく明治の代表的傾向の三人の作者が各々浦島を描いたのは興味深い。今日の作者にはかゝる勇氣がないからである。

「水鏡」は天長二年のところに、「ことしうらしまの子はかへれり」と誌してゐる。玉篋からは紫雲がたなびき出て忽ち浦島子は翁となつて了ひ、立ち歩きさへ出來なくなつた、「雄略天皇のみよにうせて、ことし三百四十七年といひしにかへりたりしなり」とある。雄略天皇の朝二十二年に仙境に行つた由は、書紀の如き國史にまでしるされてゐるが、天長二年にかへるまでに仙界の浦島子からどんな形で仙界に行つた由の通知があつたか知りたいなどとは云はぬ方がよい。それより天長二年にかへつたといふ「水鏡」や「古事談」或ひは「元亨釋書」の記述の發生については、實は私も知りたいと思つてゐる。天長二年といふ年を思ひついた理由についてである。これらのうち年代から云つて、一等古い水鏡の作者の思惑について知りたいのである。もつとも水鏡は大鏡今鏡の形式を追つたものだが、葛木の仙人の記憶した話をある尼の口からきいたものとして誌されてゐるから、この本そのものが仙人と關係ないわけでないと云へるのである。

俗本「日本後紀」の淳和天皇天長二年の項に、「浦島子自㆓蓬萊㆒歸㆓故鄉㆒如意尼使㆔僧空海伐㆓大櫻樹㆒造㆓如意輪㆒納㆓浦島紫雲篋於像中㆒」とある。日本後紀は嵯峨天皇の弘仁十年藤原冬嗣らが敕をうけて撰したもので「續日本紀」のあとをうけて、桓武天皇の延曆十一年正月より淳和天皇の天長十年二月に到る四十二年間の事績を誌した國史である。嵯峨天皇から淳和天皇の御代をへて次の仁明天皇の承和八年に上つたこととなつてゐるから、撰者たちは親しく天長二年を經驗し、恐らく最も新國史修撰の業に努めてゐたころである。

天長二年は弘仁十年より數へて六年目、承和八年は天長二年より數へて十六年目である。こゝで白雲の出た篋を紫雲と云ひかへてゐるのは、「續日本後紀」に興福寺僧らが、天皇四十の寶算を祝つた歌の中で、浦島子のことを云ひ紫の雲たなびきてとあるのが古く、これも佛說の影響であらう。例の玉手箱といふ言葉は一條兼良の「歌林良材集」に初めて出てゐる由である。さて同時代に敕撰された堂々の國史が天長二年の年をあげてゐる以上疑ふべきもののある筈がない。しかるに六國史中日本後紀のみは中古以後に佚して傳らず、今あるものも疑本ともいはれてゐる。殊に後半は明らかな俗本である。殘念ながらこの記事によつて、浦島子の出發と共に歸鄕も國史によつて確認されてゐるとは云へないし、又浦島子と空海の間に一つの物語を描くことも、佛說の妄誕を喜ぶのみである。この天長二年の歸鄕が矛盾するといふより、丹後國風土記の三百年といつた場合がすでにさうだつた。そのことは早くより人々に注意されたらしく、「釋日本紀」にひかれた「本朝神仙傳」はその間を百年としてゐる。昔の學者には、天長二年に歸つたのは同名異人と說いた者もあつた。さきに富士山涌出について議論した古の學者に對比すべき人はこゝにもあつたのである。しかし浦島子の物語につひに空海の登場した俗說については、我々は十分興味を以て我國民の人心を考へるべきである。

書紀に描かれた浦島子のことだけなら、異國への漂流奇談ですんだかもしれないが、後世の山積した文物の累加がそれですまなくしたのである。浦島子物語はさういふものと離れて我々の代々の時代と人心に存在してきたからでもあつた。しかし書紀の浦島子が何であるかを註することも念のために云へば十分必要であらう。さうして浦島子のつゞきからは、當然天の羽衣の方へ、思想はもつてゆくべきだが、これは別の機會にまで殘しておきたいと思ふ。かういふことをさいげんなく云ひ出せば、大日本史の云つた如く、己が進んで國家治體に何の關係もない駄辯といふことわりをさいげんなく明らかにするみたいである。

〈解説〉

伝説と民族の精神

佐伯裕子

『民族と文藝』に収められている「仙人記録」に久米仙人の話が記されている。中国から輸入された「仙」の思想とは違う、土俗の者としての久米仙人である。『今昔物語』に書かれている久米仙人譚を優れた一篇として紹介している。わたしがもっとも惹かれる保田のおおらかな面が、懐かしく表れた文章である。

久米仙人は女性の白脛に眼が眩んで飛ぶ力を失ったのだが、『今昔物語』によると、仙人はその女性と夫婦になったのち馬の売買をした。「もつとも馬を商賣にしたとあるのでなく、馬を賣つたといふだけのことが書かれてゐるにすぎない。しかし久米仙人がたゞの人になつてのちも、その馬を賣つた渡し文に、前ノ仙久米と書いたといふのは、あゝいふことで通力を失つた仙人の面目の躍如としてゐると思はれ、こゝは今昔物語の作者のためにくりかへし賞賛したい。」と、保田は書く。神通力のゆえに恐れられ、崇められる中国の仙人のかわりに、『今昔物語』

の作者、すなわちわたしたち日本人の祖先は、仙人の性を素朴で愛らしいものに創った、というのである。

このような書き方は、『今昔物語』の久米仙人譚の研究や、仙人伝説の源、分布を探ろうとする方法とは違う。「仙人」という対象があって、それを解明していくのではない。読者すべてが納得のいく結論を探すというような、理に落ちる解明の手順とは逆である。『今昔物語』の作者に代表される民衆の総意のようなものが、自分たちの「仙人」を創りあげたときの息吹き、それを素手で摑みだしてくる。

普通の人となった仙人に「前ノ仙久米」と証文に書かせた時代精神のおおらかさ、優しさ、美しさ、素朴さ、滑稽さを、保田はひとえに文芸に表れた民族の精神として捉える。その、おおらかさ、優しさ、素朴さなどが、その時代の現実のものであったかどうかは問わない。

『民族と文藝』は昭和十六年に「ぐろりあ・そさえて」から刊行された。保田にわたしがいつも感じる「懐かしさ」の本質が何であるのかを、この一書は明確に示してくれている。この本に収録されている「尾張國熱田太神宮縁記のこと並びに日本武尊楊貴妃になり給ふ傳說の研究」「蓬萊島のこと」は昭和十四年に発表されており、「百人一首概説」が十五年、「天王寺未來記のこと」「道成寺考」が十六年の発表である。浦島伝説を含む「仙人記録」のみ初出が不明なのだが、保田が戦前の代表作『御鳥羽院』を執筆した文芸批評の方法を、わたしは『民族と文藝』を読むことで理解した。

「今より昔の方が記録といふことは重大に感じられてゐたのである。それはつねに神のまへで誌されるといふ氣質を十分に有つてゐたのである。」と「はしがき」に記している。民族の意識生活が描き出した文明を、記録された文芸に見る。その記録をまず信じ、浦島が三百余歳とあっても、それを近代の合理で読み解くことをしない。「記録」に対するこういう見解には、経済性や政治的なものや情報原理によって記される、いっさいの近代的な動機が排除される。描き出された民族の時代精神の跡を、書かれたものの上に懐かしみ、ていねいに辿ること、それが保田の文芸批評なのである。

保田にとって、民衆の文芸に表れた「浦島太郎」や「清姫」の時代精神と『御鳥羽院』のそれはひとつながらであった。人々の春の遊びのなかに生き続けた「百人一首」は、宮廷の光と翳がおのずから家庭に降りくだった例である。卑近な物語を説き明かす方法と、宮廷の文芸を語る方法が、ノスタルジーをもって同等に展開される。「民衆と文藝といふ形で、宮廷文化を考へる」、その古典文芸批評の柔らかさは、権威化された古典研究のスタイルを崩すものである。明治維新によって失われた日本文化を嘆きつつ保田が書いていた昭和十四、五年より、さらに敗戦を経て過去のいっさいを切り捨ててきた現在にあって、なおのこと新しい。同じ「仙人記録」に取り上げられている浦島伝説にも、保田は繊細な筆致で民衆の意識生活の瞬間瞬間を「今」に蘇らせていく。浦島子は、仙人になろうとせずに仙境の生活をした人で、それゆえに日本人に共感されたという。『日本書紀』や『万葉集』に記された「水江の浦島子の物語」は、「近世になつて浦島太郎といふ名をつけられるまで、初め堂々の國史に誌されつゝ、しかし稗史小説に流布し、さらに兒童のよみものにまで及ぶ一大文藝となつた」のである。だがその変遷過程で、悲しく懐かしい感情が失われていった。保田が好んだ一首に、最古の伝説にある浦島子が別れてきた姫を恋うてうたった、という歌がある。

子らに戀ひ朝門《あさと》をひらきわがをれば常世の濱の波の音《と》聞ゆ

この歌にあった、「とこよのくに」を感じる哀切な感情が、時代とともに物語の中から失われた、と指摘する。しかも、最古のものには、助けた亀が龍宮城に導くのではなく、大亀がふいに美女に変身するというダイナミズムがあった。「伝説」の変貌とともに見え始める合理を嘆いて、保田は美しい文章を書き残した。

そのとこよの濱の波の音をきく心は、生れぬさきを戀ふ如き心と今なら思はれるだらう。さういふやるせない心のノスタルヂーで出來あがつた物語を、ことさら仙界歡喜圖にかへたのが、續浦島子傳あたりもそれを示してゐて、ある時代の思想だつた。すでに古い記錄が、現實の關心をさうした象徵的文藝に變貌し、浦島子の性格にも、神女の人柄の中にも、あるいらだたしいやうな、わびしいやうな、愛欲の淨化を表現したのちに、因果の理や歡喜の圖に重點をおきそれを以て物語を變更しようとしたやうなことも、いはゞ外來新思想のある一時期の露骨なさうしてなさけない影響の明らかにあらはれたものである。しかしさういふ物語が、時代の衰へと共に、武家時代になると報恩の教訓物語となり、封建の世の主君の臣下への思ひやりをイデオロギーとして、すつかり物語は改められたのである。かうしたお伽話の封建的殘存物はすつかり洗ひおとして古代の美しさにかへす必要がある

生まれぬさきを恋うようなノスタルジーでできた物語、その哀切な人々の思いを、ふとした匂いを縁に宮廷文化と結びつけて語ること、それが太平洋戦争に突入する前の、保田與重郎の日本主義の根幹をなす浪漫だった。そこには、現実の

天皇制と政治に繋げるものは見られない。激しく理想された日本人の家郷と心もちが思われるばかりだった。

戦時体制下にあって称揚された、いわゆる「国民文学」という発想と、保田のいうそれは明らかに違っていた。だが、「違う、違う」と抵抗しながら、同じようなものとして括られていく時代の様相に、保田自身がジレンマを覚えだすのはこの後のことである。

また、「道成寺考」で語られる〝伝説考〟は、上古の女性たちが、神代のものに似た激情をもった猛々しい存在であったところから発想される。清姫と名付けられるまえは、僧を追いかける寡婦として描かれたこの一大譚を、保田は人が蛇に化す伝説として扱うのではない。あくまでも文芸のうえで、千年にわたって清姫という女性の描き出された運命を考える。上古の女性の中にあった嫉妬やヒステリーや情熱、神がかりなどを、寡婦に始まり、やがて処女清姫へと具現させていった伝説の、時間をかけた成長ぶりを考えるのである。

保田は優れた古典的文芸材料である道成寺が、明治以降の文壇から消えてしまったことを憂いて、次のように記す。

我々は年々に道成寺の傳説を完成してゆく位のことはしてもよかつたのであ

る。これは民俗學者や考古學者や國文學者の仕事と異つた形に於てである。
彼らはなり立ちのもとを洗ふのだが、我々はゲエテのやうに民衆の叡智の向上を代辯して、新しい創造をせねばならなかつたのである

「百人一首」「道成寺」は、明治以降の文学にあっては、通俗のものとして葬られてきた。それは西欧の芸術至上主義の眼からは外れた文物であった。それらを同時代の中に奪い返そうとした保田の文芸批評は、では、戦争から敗戦という断絶を経なかったとしたらどうであったか。先細る文芸、文壇に豊かさを切り開く浪漫として読み継がれていったのだろうか。

わたしにはそうは思えない。保田が日本の物語や伝説に抱くノスタルジーの激しさが、ほとんど「とこよのくに」を焦がれるほどに高まるとき、現実の家はもとより、帰るべき憧憬の家郷をも失うのである。

時代によって書き加えられ、削られていく物語の変貌。そこに理想とされた宮廷の光と翳が見いだされなくなったとき、保田は激しく日本を郷愁し、そして病む。

ひとたび潜った「近代的なもの」を無かったことにすることはできない。だとしたら、「それ以前」を深く激しく回想するほかに、どのような方法があるのだろ

うか。保田のように、「近代」に立ち尽くして民族と宮廷を回想することは、古い日本に回帰していく姿勢とは違う。今ここにはない家郷をつよく郷愁する姿が、死んでもよいほどの悲哀感を生むのである。

日本文芸の復活と豊穣を願う保田の文芸批評の背後には、ひどく濃厚な虚無の暗渠がひろがっている。わたしは、その虚無の暗さが抱え込む浪漫にこそ惹かれたのである。

保田與重郎文庫 8 民族と文藝 二〇〇一年四月八日 第一刷発行
著者 保田與重郎／発行者 岩崎幹雄／発行所 株式会社新学社 〒六〇七―八五〇一 京都市山科区東野中井ノ上町一一―三九 TEL〇七五―五八一―六一一一
印刷＝東京印書館／印字＝京都CTSセンター／編集協力＝風日舎
 ISBN 4-7868-0029-5